JN034298

本心

篠田廣一
SHINODA Hiroichi

文芸社

もくじ

幼少期

◆三歳

数え三歳からの記憶が昨日のことのように鮮明な映像と言葉で残っている。

埼玉と東京奥多摩の境の山里。その集落もわずか十軒、その一つは空き家だった。

俺は石ころだらけの急坂の小道を、藁草履で県道へ下りていく、二銭銅貨を摑んで……。県道沿いには郵便局があり、その山際には穀屋がある、その隣にあるおばさんの駄菓子屋へと足を運んでいった。馬車引きの父から、毎日二銭は貰っていた。俺の買うものは決まっていた。目が黒豆の鯛の焼き菓子か、サイコロ形の中にオモチャが入った瓦煎餅であった。これが俺三歳の日常であった。

家族三人で住む十坪の平屋は裏に馬小屋と便所があった。朝、目が覚めると、上(あ)がり端(はな)を後ろ向きに下り、草履姿で房戸(ぼうこ)の障子を開けて外に出る。小庭の先に、前山から五十間（約九十メートル）も引かれた竹の樋を流れて醤油の一斗樽にちょろちょろと注いでいる水で顔を洗う。これが一日の始まりだった。

おふくろは毎朝早起きして、馬の飼い葉づくり。俺の見た記憶では、押し切りの道具で藁を刻み、小麦ふすまを桶に入れ、水で捏ねていた。俺もたまに藁運びと馬小屋の掃除を手伝った。二銭銅貨がそうさせた。

郵便局へ行ったことはなかったが、ほかの家の住人の顔は覚えた。同年の男の子はいつも口の周りを真っ黒にしていた。消し炭を食っていたからだ。でも人のことは言えない、俺は囲炉裏の灰を舐めていたから。

おふくろの名はフクだが、苦労を背負い続けた人だった。

家の小庭に立つと、大きな立木の隙間におふくろの実家が見える。

幼児の俺には衝撃的な出来事が続けて二回起きた。

冬の寒い日だった。炭焼きを天職としていた祖父と祖母、跡継ぎの次男が山に出掛けた後に、実家から火が出ているのが見えた。失火だった。水場にいたおふくろは煙の立ち上りに気づくと、そのますっとんでいった。俺もその後を追って駆け出していた。俺が着いた時には、古い建物は真っ赤な炎に覆い尽くされていた。

俺の目は、おふくろの姿を追っていた。真っ黒な小さな人間の塊は、真っ赤な炎と真っ黒な煙の中を往復していた。重そうな家財道具を背負い、抱え出す。火が迫ってきている。「もうやめてくれ」、口には出せない言葉が、小さな身体を唱えさせていた。やがて棟が落ち、大きな焚火となっていった。おふくろのほかには、誰一人として家財の搬出作業に携わった人はいなかった。しかしそれはやむを得ないことであった。この集落では、働ける者は老若男女休むことなく朝暗いうちに仕事に出る。そして暗くなって帰ってくる。家に残るのは病人と、それに近い老人だけだ。電気もなし、囲炉裏と竈とランプで生活し、山水を頂き、この村を一歩も出ずに生涯を終える人もいると聞いた。

翌日は、祭りのように、火事場の片付けに人の集まりを見た。家を失った一家は、隣の村の小さな借家へ身柄を移した。集落の皆さんから生活用具一通りの恩恵にあずかって。

町から自転車で十数キロの悪路を通って、集落に魚売りのおじさんが来ていた。うちでも商品を箱買いしていた。マスとイワシ、それに乾物類も。俺は魚がだめだった。のりとこんぶ、大豆とじゃがいもは好きだったが……。囲炉裏の灰を舐めていたのも、カルシウム不足を補っていたためかもしれない。

穀屋の隣の空き地は、時折丸太の集積場になる。ここから丸太を馬車に積み、町の製材所へ運ぶのが馬車引きの父の仕事だ。

ある朝のこと、荷積みをおふくろが手伝っていた。太い丸太を積む際には、馬車に橋を架け、転がして上げる。しかし丸太の両端を小柄な女の力では支え切れずに押し潰されてしまった。左大腿骨を骨折。

診療のために、町の有名な加藤接骨院の院長がオートバイで来た。その時の先生の姿は今でも俺の眼に焼き付いている。黒っぽいオートバイは大きくはなかった。先生は白い長袖のシャツに黒い長ズボンに黒の革靴、すべてが埃にまみれていた。引き締まった身体に渋い男の顔。

先生は、一度の往診でおふくろの骨折を完治させた。動けないおふくろは、穀屋の座敷を借りて寝ていた。二人の男衆の手で押さえられ、先生はおふくろの左足を力を込めて引っ張ったように見えた。先生の顔は「これでよし」を表していた。その後の手当ては自宅で、先生の療法をしっかり自宅で守ったところ、半月後には立てるようになっていた。「名医は違うな」と思った三歳だった。

この頃の俺の嗜好は人間観察と、長キセルで刻みタバコを吸うことだった。家の前で土木作業していたおじさんに見られたが、次の日、飴の代わりにとゴールデンバットを一箱持ってきてくれた。

◆瞽女（ごぜ）

秋の日差しは短い。

「こんにちは」

女の声がして、房戸の障子が開いた。俺が一人で囲炉裏の灰を舐めていた時だった。

三味線を抱えた全盲の若い娘と丸い薄色の眼鏡を掛けた年上の女（ひと）が立っていた。

「わたしたち、越後から来ました。一曲唄わせてください。この娘に」

そう言われても……あわてて勝手に行き口の周りを拭き、

「ちょっと待ってください、かあちゃんが帰りますから、今お茶入れますから上り端に掛けていてください」

と言って、俺は馴れた手付きで茶を盆に乗せて差し出した。

「坊やお上手ね。馴れてますね」

おふくろが籠にふすまを入れてかついで帰ってきた。眼鏡のねえさんは、しきりに俺のこと褒めていた。これも生きるがためのなせる業なのか。おふくろは何枚かの小銭をちり紙に包み、ねえさんに渡していた。結局三味線と唄はなく、二人は奥の集落へ手を繋いでとぼとぼと歩いていった。その後ろ姿が今も目に残る。

引っ越しが決まった頃に耳を掠めた父とおふくろの会話によると、馬車引きの仕事をやめ、元締めの名はウシモリ爺に返した。トミさんにこの家に住んでもらい、馬車引きの仕事をしてもらうよう頼んできたと、このようなことだった。何でここから引っ越しするのか、幼い俺には分からない。

◆眉間の疵

三歳の頃の出来事を忘れさせない疵痕が俺の眉間にある。家のすぐ下の道端にある細い丸太四本で造った掘っ立て小屋で出会ったのが、カズ坊の奴だった。俺より七つも年上で、悪がきだ。

カズ坊は丸太の柱を両手で揺さぶった。杉皮屋根に押さえの割り竹を釘打ちしてある。風で飛ばぬように石を竹の上に乗せてある。その数は無数だ。

その一つが転がり落ちて、俺の眉間に当たった。瞬間「いたっ」。指で触って、赤い血を見た。初めての血の色だった。カズ坊は笑っていた。俺は泣かずに家へ戻り、おふくろには、そこで転んだと言って傷薬を塗ってもらった。

◆富山の薬屋

手甲脚絆に草鞋（わらじ）ばき、葛籠（つづら）を藍染めの一反風呂敷で背負い、山谷越えて商う姿は、三歳の俺の眼にも、その商魂の逞しさを感じさせた。按摩膏と黄色い粒の毒消しに興味を持った。後年にもんぺに地下足袋の姿の女の薬屋に会ったこともある。

◆四歳の思い出

集落を出て町の手前の村に出てきた一家三人。借家は往還の端の小さな一軒家で、道向こうは自転車屋さんだった。俺は朝、この自転車屋さんが仕事にかかるところから、夕方は仕事を終えるまで、飽きずに見ていた。パンクしたタイヤの修理方法も覚えた。

登校する小学生も、てんでバラバラに行く者あり、行儀良く並んで行く組もある。

行き交う人が何してる人か、年齢はいくつぐらいか想像してみると、一日何十人と人間観察ができる。せっかくおもしろくなってきたのに、もうこの家を空けることになっていた。

父は職を変え、どか弁持って朝早くから石山へ。十一時半に決まって大発破があり、障子、ガラスを揺する。なぜこの家を空けなくてはいけないのか分かった。洋服屋の店になることに決まっていたからだった。

引っ越した先は、村外れの二軒長屋だった。その長屋の両隣は一戸建てだった。手前の家の奥さんは一人暮らしで、旦那は軍人だった。もう一方の一戸建てには老人夫婦が住んでいた。

少し離れた二階建ての家には子供が多かったが、数か月後には後が生まれるという。見ればそのおばさんは腹が大きい。このおばさんの家で赤ちゃんが生まれるのを公開するというので、みんなで見に行った。おばさんは大きな唸り声を上げていた。両腕はそれぞれ手伝いのおばさんに押さえ付けられていた。取り上げ婆さんは時々、掛け物を捲って覗き込んでいた。「おぎゃあ」、取り上げられたのは男の子、臍の緒が繋がっている。俺もこんな風に生れてきたのかとふと思った。

父は石山で命の危険を伴う重労働をしていたが、一度現場へ見学に連れていってもらった。石山は切り立っている。その中段が作業現場だ。発破の後、崩れ落ちた岩石を一人二人の手でトロッコに積み、端まで押していき、ベルトコンベアーで下に運ぶようになっている。ここに立っているだけで岩山に押し潰されそうになる。こんな仕事は早くやめてくれと叫びたかった。

◆おふくろの決断

焼け出されたおふくろの実家の三人は隣村にいた。おふくろの弟安次は転職し、どか弁をつるして石山でのトロッコ押しの重労働に徹していた。ところがある日、発破で砕けた岩石が逃げ損なった右足に直撃、大腿骨折とふくらはぎの骨まで届く裂傷を負う大事故に見舞われた。

入院先は町一番の総合病院だった。悲劇を食い止めたのは、おふくろフクの決断だった。傷の手当てはこの病院でもできるが骨折は治せない。安次は痛さで数日泣き続けていた。フクは親戚の男たちに相談を持ち掛けた。それは、病院を移し、フクの骨折を完治させた名医の加藤先生にお願いすると。男どもは大病院の院長との交渉に怖じ気づいた。

　フクは主治医に一人で交渉に行った。安次の足が完治しない場合、自分の実家は滅亡するしかない。涙ながらの女一人の懇願だった。フクの安次を救いたい一心は巌をも通す。院長も納得し、フクはその足で加藤接骨院へ駆け込んだ。

「数年前のこの左足で、先生にお願いに参りました。弟の右脚を救ってください」

　先生もフクの顔を思い出した。

「あの時のお母さんですね」

　フクは安次の入院中の状態を話し、退院の許可も得たことを話すと、即入院となった。加藤先生は患部を一目見るなり、「二、三日遅れたら、大股から切断だった」と言った。

　安次はその後順調に回復し、元通り五体万全の姿で地元の大手製材所で職工として働き、定年まで皆勤で通した。

◆父の転職

「こんな危険な仕事はやめてくれ」

母と子の叫びが父の心を揺さぶる。父には鳶職の兄がいて、全国を股に掛け活躍していた。父が手紙で相談をすると、返事が来た。「釜石へ来い、仕事はある。給金も良い」と。

数日後、父は石山を退職し、トランク一つ持って釜石へ単身出発した。三人の夕食が二人だけになり、卓袱台は淋しくなった。

そして一年が過ぎた。毎月釜石から封筒が届くと、おふくろはありがたそうに着物入れの引き出しの中へ仕舞った。そして淋しい夜は続いた。

ある日「父っちゃんに帰ってきてもらうか」と母が言った。萎れた声だった。やはり心配が強まってきたのか。

その夜、よそ行きの着物に着替えて写真屋へ行った。母子で撮った初めての写真、俺が五歳の時だった。おふくろは、後日この写真を釜石へ送った。

それから一か月後に父っちゃんは帰ってきた、あのトランクを提げて。世の中が不穏な空気に包まれつつあったが、俺には何にも分からない頃、父は何かを考えていたのだろう。仕事を探す気も見えなかったが。

父がどこかから帰ってきた時、「いい借家を見つけてきたから近いうちに引っ越しする。小学校の近くで、往還端の一戸建で庭先も少しある。職人を入れて、数か月以内に生活できるように直しておくと言うから約束してきた」と言った。二軒長屋も空いているから、改修が終わるまでとりあえずそこに住んでいてもらってもいいですよとも言われたとのことだったので、じゃあすぐそこへ引っ越すかと決めた。

長屋は大家の敷地内にあり、すぐ前には線路があった。一戸建ては道向こうにあり、横道を挟んで小学校の石垣の塀が巡らせてある。正門までもここからだと一、二分だ。

数か月たった。大家さんから、「大工さんの仕事は終わったので、あとは水道屋さんが二、三日後に来てくれますので。点検してもらえば住めますから越してください」との伝えがあった。果たして父は何を始めようとしているのだろう。来年は俺も尋常高等小学校へ入学だ。

この大家さんには、これから長い年月にわたり大変お世話になることになる。

父の始める仕事とは、桶職人であった。父は、世にも僅少な桶職の凄腕の持ち主であったのだった。山奥から苦境を乗り越えて、やっと摑んだ理想の目的地に辿り着いた。引っ越しは馴れたものだ。やっと少しは広い部屋に、何より、ランプ暮らしから電気のある村へ来て三年目になる。

父はがっしりした自転車を購入し毎日町に出掛け、材木屋と金物屋を当たり桶の材料を集めていた。桶には竹が必要だ。箍(たが)に使う。針金、銅の平板の箍もあるが、仮箍として竹箍はすべての桶に必須である。組立時に使うためだ。

父は石山の麓で竹藪を探し、竹を長いまま担いで何回も運んだ。桶屋の道具を目にしたのはこの時が初めてだった。この道具箱さえどこへ隠しておいたのか、俺は知らなかった。

そういえば父には、釜石に住む兄がいた。そうそう、この釜石の伯父さんだけど、俺は三歳の時に見ているんだった。

ある時、斜め上にある集落から下りてくる道から、鳥打ち帽子にチョッキ、乗馬ズボンにちょび髭のおじさんが鉄砲を担いで下りてきた。恰好いいなあと思った。そのおじさんが俺に声を掛けた。

「ひろ坊かい?」

俺の名を知ってる、初めて見た人なのに。そのおじさんは家の庭先へ来て訊ねた。

「サンはここにいるのか?」

サンとは誰だろうと戸惑っていると、おじさんは言った。

「かあちゃんは留守かい？」

「今、下に買いものに行ってます」

「おじさんはね、父っちゃんのあにいです。町からぼつぼつと鳥を追っ掛けて山の中を回ってきたんですよ。かあちゃんが帰ったらよろしくね。日が暮れるからもう帰ります。町へ出たら寄ってね、さよなら」

その後、おじさんは引っ越して釜石に住んでいた。

◆生い立ちの奇

昭和十五年。俺はめでたく、ピカピカとはいかないが尋常小学校の一年生になった。ズックで作ったランドセル、靴はどこかで貰ってきたのか、古い、底に小さな穴のあるズック靴だった。俺は馴れてる藁草履でよかったのに……。

入学式には、おふくろは、俺が初めて目にする晴着で同行した。校庭で校長はじめ村の有志の祝意を聞いた後、新入生約八十名だけが残った。担当の二人の先生は女の中年の方だった。

教頭と思われる年老いた男性がいた。女の先生が、四月生まれから一人ずつ氏名と生年月日を読み上げ、一組と二組に振り分けていった。俺の番が近づいた。十一月生まれが終わり、十二月に入った時、おふくろは、先生に待ったを掛けた。

「先生。うちの子は十一月二十三日生まれです。十二月二十三日は間違っています」

　すると先生は、「ハイ分かりました、役場の間違いでしょうね、産んだお母さんの言うことですからね」と応えた。

　俺はこの実情を目の当たりにしてから、自らの生い立ちを追求することになる。

　ある時、戸籍謄本を見る機会があった。そこには、島田廣一は島田三三の養子（長男）とあった。昭和八年十二月二十三日生、父篠田佐平、次母クニの三男廣一とあり、長女フクの養子となったと書かれていた。昭和十五年三月、フクは島田三三と入籍。俺はフクから生まれたが、事情があり、父なし子ということだった。三三という人情気のある渡り者の独身者がいて、どなたかの口利きで子連れのフクと世帯を持った。だがフクの兄高之助の猛反対で俺は息子として入籍できず、戸籍上では姉であるフクの養子にされたのだった。生年月日の一か月の差を、俺はどのように納得すればいいか？　推理が始まった。

　山間の集落は、冬の到来も早い。降雪もあり、強風雨もあり、家族の仕事の都合もあり、病人あり、はたまた、俺が未熟児でありどっちものか分からぬ状態であった場合、日数を見届けていたからかもしれない。結論はいまだに出ない。俺も関係者に聞くこともなかった。

学校は大好きだった。一番乗りを競争したものだった。俺は一年二組で、担任は根岸先生だった。二年生までは男女共学だ。同級に、山岸和子という、山村には見られないような絶世の美少女がいた。しかし彼女は二年生の時、父親の転勤で長野県の塩尻へ。みんなが別れを惜しんだ。

世間は狭いのも分かってきた。同級の坂下という酒店のノッポは、俺のことを「貰いっ子」「拾いっ子」などと言いふらしていた。俺は別に大して気にもせずの顔をしていた。そのうち呆れるだろうから。

それから、こんなことも考えるようになっていた。

（親なんて誰でもいいんだ、親らしくしてくれたら）

こんな結論に達していた。幼児の時からよく耳にしていた言葉に「よみかき、そろばんができればいい」というのがあった。俺も一生学問で生計を立てるわけでもないし、偉くなれる柄でもないから、科目全部を満点にする必要なしと決めた。級では背の順では前から二番目で体重は十五キログラム。炭一俵と同じだった。なお、俺の曾孫は四歳で二十キログラム、零歳で十二キログラムだった。

三年生になると、一組ずつ男女別々になった。男組、女組という粗い組分けだった。名前の表記も漢字になったが、俺はなるべく簡略にと、廣一ではなく広一にした。生年月日は十一月二十三日で、これは成人になり、社会人として官公私共、書類はこれで通した。運転免許証、銀行の通帳、保険証も、公でも今でも通っているものもある。

◆餓鬼大将に屈伏せず

一組から来た奴が、数人の取り巻きを従えていた。すぐ分かったことだが、この男、二年の間に一組のほとんどの男児を家来にしていた。名は奥平憲、父親は当時現役の村長で地元の名家の十二代の当主。村一番の資産家でもあった。森林、畑、貸家も多く、屋敷は約六百坪。長屋門を入ると右手に白壁造りに家紋入りの鬼瓦。豪壮な土蔵に目が眩むようだった。その脇には、何百年という樹齢の榧（かや）が鎮座していて、鉄人の腕のような太い枝が土蔵の屋根を覆っていた。県指定の天然木と立て札が目立つ。根の周囲は大きく、石囲いがしてあった。屋敷の周りは黒板塀で、庭木庭石も多く、母屋の横庭には、回り廊下から一目で見渡せる、程良い造りの池になんとも風流な安らぎを覚える。母屋は建設から百五十年は経っているというが、富家の面影は歴然たるものだ。この奥平家を訪ねたのは、同じ組になって三年後のことだった。

三年生男組の担当は山崎繁子先生で、見るからに几帳面な人柄と分かった。一年通して俺の成績は、省いた科目以外は優だった。

ある時、憲が俺にちょっかいを掛けてきた。一時間目が始まる前のこと。級一番の体格の秦野が、

「おい、ひろいち。おめえも憲の子分になれや」

と、チビの俺の胸元を摑んだ。俺は開口一番、「嫌だね」。

すると、秦野の手が俺の首を締め付けてきた。次に何がどうくるか、歯を食いしばった。その時、山崎先生が教壇に近づいてきたので事なきを得た。

それから数日後の同時間帯だった。ノッポの坂下が俺の前にいきなりやってきて、胸倉を摑むと床に押し倒し、馬乗りになって左頰を平手打ちしてきた。少し痛かった

が、叩かれた所が熱くなってきた。生まれて初めてのことだった。この時、俺の脳には、（これからの一生には、こうして殴られ、叩かれ、蹴られることもあるだろうから、今のうちに慣らしておくのもいいだろう）という思いが浮かんだ。それで、もう一つ右頬をと向けてみた。

「坂下、お前打つなら右も叩けや、好きなだけやりな。ただ、絶対に俺は憲の家来にはならないから、よく言っておきな。殴りたい時、いつでも来いよ。叩かしてやるからな」

その後の授業は、頬っぺたの火照りを味わった一時間だった。その後、手下どもは俺に近づくこともなく敬遠している様子だった。

当時、新聞紙上は太平洋戦争、対ロシアの戦いが一面を賑わせていた。南洋方面の島の沖での海戦には日本軍の戦果を大きく喧伝し、被害は軽微なりと報じていた。「欲しがりません勝つまでは」という大きな文字の張り紙が登下校の途中、角の塀に見せ付けられていた。今の生活に適応しているかも。

五年生になった頃には、俺の背も級で中ほどになっていた。担任の稲葉隆平先生は四十代で、よく自習させておき、自分はタバコを窓際で吸っていた。先生は月曜から金曜は駅前に寄宿していた。土曜日になると自転車でここから二村、急坂の長い峠を越えて隣の郡の山村の自宅へ戻っていた。

昭和十九年になると、本土爆撃のＢ29の編隊を石山の上に見る日が多くなってきた。警報が鳴り全校下校となる――こんな日が多くなってきた。

◆疎開の子

東京の京橋から数十人が児童疎開してきて、村の三寺を宿として、登校していた。都会育ちの子はおぼっちゃま、おじょうさまが多く見られて、中に田舎っ子の目を引いた美人がいた。その名は内田佳子。都会の子と田舎っ子、非常時の中、貧しさを乗り切り仲睦まじさが日に日に増して行った。

ある日のこと、疎開の男の子が地元の子の弁当を盗み食いして見つかり、それを知った同行してきた男の先生（いつも国防色の上下の服を着ていた）が、級全員のいる前でその子の頬を強く平手打ちした。

「何とみっともないことをしてくれたんだ、地元の皆さんさえ腹いっぱい食べられないご時世なんだよ。皆さんに手をついて謝りなさい、『二度といたしません、お許しくださいと』と」

と先生の頬は涙で濡れていた。

俺にも二人、仲良しになった男の子がいて、日曜日に家に呼んだ。当時、我が家にも米の姿の見えない押し麦の飯とさつまいも、じゃがいもぐらいしかなかった。じゃがいもの味噌田楽と煎り豆、おふくろが手打ちの押っ切り込みうどんを作ってくれたのが一番のご馳走に見えた。この時の二人の子の笑顔が今でも目に浮かぶ。

県内の航空学校の一年生という十代と思われる十数人が疎開のため、小学校の講堂を宿にすることになった。

(日本はどうなるんだろう?)

小さな胸でも心配する。空襲警報が増え、だんだんと俺たちも疎開の子たちも勉強する時間も乏しくなってきた。俺も数年前は、「将来は航空兵に志願したい」と思うほど憧れていたが、疎開兵の姿を見たら憧れも消えていった。

航空学校の疎開者の二人の仲良しが「兵隊さんになれない」となったので、日曜日に家に呼んだ。しかし彼らは家の中には一歩も入らなかった。それも規律を守るための姿勢と見えた。俺は食べ物を提げて二キロメートル先の大川へ案内した。河原でゆっくり兵学校の話を聞きながら芋を齧った。

八月十五日の終戦を迎え、疎開児童も都会へ帰ることになった。兵学校の二人も、終戦から数日後に我が家へ来て別れの言葉を残していった。

「勉強はしないでくれ」が父母の言葉だった。たまに夜、宿題を机に向かってやっていると俺の脇に来て、「風邪を引くからやめな。勉強なんかしなくてもいいんだから。頭が良くならなくても、丈夫な身体があれば桶屋は飯が食える仕事だから、家で勉強はやめてくれ」。

当時はこんな親も世間にはいたのだ。俺は親の期待をなるべく守るように努めた。教室では好きな科目には熱意を投じた。

終戦で世が変わり、こんな地方までアメリカ兵のジープが来るようになった。小学校の正門の隣に鳥山さんという外国かぶれの初老の人がいた。彼は通訳のお役目を授かり、家には毎日のようにジープに乗ったアメリカ兵が来ていた。そこに子供たちが寄り集まる、チューイングガムとチョコレートを恵んでもらうために。でも俺は行かなかった。「欲しがりません勝つまでは」がまだ効いていたからか。

アメリカ兵を見ても、俺は憎しみは感じなかった。敵国の兵なのに。多大な犠牲者を出して、生き残った者としては申し訳ないという思いと、平和を授かり生きていられることに複雑な迷いがあった。

中学へ進学

年が明けて、三月には国民学校六学年を卒業する。俺は親に逆らう気持ちはなかったものの、自分を試してみたい気持ちが膨らんでいた。当時町では県立進学校は農林学校と女学校、それに私立というか組合立というか、町立だかの元商業学校（戦中は工業に変更、その後は中学校となる）があった。級からも、中学進学希望が五人いた。俺も受験に挑戦。だが勉強を止められた家での勉強はなしを守った。

俺は落ちても桶屋を継げばいいんだ、そんな気軽な気分で受験には四日間歩いて通った。受験していることは親にはばれていたのだが、どうせ受かりっこないと思っていたに違いない。四日目は口述試験のみなのに、おふくろはよそ行きの着物姿で、学校へ筆記用具を持って歩いて届けにやってきた。合格者五人の中に、俺の名前もあった。親は仕方なく喜んでいたようだった。

中学の月謝は黙って父が払ってくれた。新入生は百八十名で、六組に分かれた。

この町は昔から地場産業は織物だったから、級の中にはその関係の職業の家の子が多かった。学校へはみんな一緒に歩いて砂利道を通った。雑嚢の鞄に藁半紙の教科書、麦飯の弁当。笑うことも乏しい通学だった。

一年後の昭和二十二年に「六・三制」が制定され、これは我が身にも大いなる事態となった。

旧制から新制になるにあたり、町村の新制中学と教科書は同じになり、地元の町村へ戻る者もいた。

事は重大になっていた。この校舎は町へ返すことになるから、俺たちはここを追い出されるということだ。

どこへ行くことになったかというと、この町から遠く隣村の原野の中に戦時中使っていた木造の軍事被服の作業所であり、行ってみたら、驚いた。確かに構造は校舎に似ている。しかし窓ガラスは全建物に一枚も入っていない。風通しはいいが、水道はなし、二棟の間に一つ、懐かしい釣瓶井戸を発見。下を覗くとゴミの浮いている水が見えた。水源はこれだけだ。うちは桶屋だと先生に告げ、桶二つを寄付したが、水を汲む前に、荒らげた勇者が数人いて、桶を叩き壊してしまった。

この校舎には、卒業まで電車で月謝を運んだ。

水道がなかったので、水筒を持って学校へ通った生徒もいた。俺たち数人のグループは水を探して、この原野から離れた川の下り口にちょろちょろと流れる水の音を見つけ、それを手で掬い上げ、喉を湿した。グループのリーダーは町の荒物店の卸問屋のせがれだった。俺は町の織物関係の景気の良い息子たちとの交友を大事にした。

ここには校庭はない。一歩外へ出ると草と雑木と天然芝がある。休み時間は木影に入って、みんなでタバコを吸っていた。回しで、俺もたまには父から一、二本抜いて持って行った。

冬になると、駅までの一キロの道は、野芝が枯れて白い絨毯を敷き詰めたようだった。これが腕白坊主を誘惑する。グループの高野がマッチを擦って野芝に落とした。芝は待ってましたとばかりに火を走らせる、それに風が味方して速いこと、あわてた俺と高野と茂木は全速力で火を追っ掛ける。肩から外した雑嚢で叩き、青い顔してなんとか消し止めた。火の怖さを感じたのは生まれてから二度目のことだった。ちなみに他のグループは、俺たちと同じようなことをして林に火が移り、消防車が来たと聞いた。

社会へ

中学もやがて卒業となった。俺は高校併設中学校の卒業証書を貰い、家業の桶屋を継ぐことになった。父を親方として見習い職人。一日座り仕事が多い。一刻者（頑固者）の親方の脇に座していると、「勉強はしなくてよい」の意味が分かってきた。桶作りで必要なのは手と足と身体全部に力を込める作業だ。重労働が身に沁みる。腕のいい職人ほど一刻者で自分勝手が多いと聞いていたが、その典型的なのがうちの親方である。俺が幼児の時の父っちゃんと、桶屋になったばかりの頃の父っちゃんはもういないのだ。時々、何が気に食わないのか、荒れた口をおふくろに浴びせ掛けることもあった。残酷さを見せられたこともある。

ある日のこと、親方は一人で川へ釣りに出掛けた。その時、虐げられていたおふくろの顔が俺に近づき、こんな言葉をつぶやいた。

「ひろ、一緒に死のうか」

父なし子を産み、父っちゃんに母子の面倒をみてもらってきたという負い目が胸の痛みとなり、重荷になってきたんだろう。

俺は、「いやだ」と返した。

世間には誰一人桶屋の内面を知る者はいなかった。おふくろと俺は、外に見せない苦悩を背負って生きてきたのだから。俺は、温和な気立ての良い模範少年と世間の評を買っていた。これホント。

その頃、俺は共産党入党を勧められた。桶屋の組合からの伝言だと親方から封筒を渡され、町の清水支部長さん宅に寄り、その先の村の長島桶店へと届けた時、約十五キロの道のりを自転車で行った。桶職は座りっぱなしの仕事だから、足腰を伸ばすには良いお使いだった。

長島桶店は往還（街道）の端と聞いてきたので、鉋屑が出ている作業場は目立ち、すぐ分かった。俺は入り口で声を掛けた。出てきた人は若い、職人というより知的活動に従事している方かなと思った。年齢は二十代後半かと思われた。

「お世話になっております、島田桶店です。封筒をお渡しに参りました」

「ああ、あなたですか、うちの父に聞いております、息子さんですね。ごくろうさんです。ちょうどよかった、あなたにお願いがあります。初めてお目にかかって、すみませんが、あなたのような人が共産党へ入ってもらえたらと思いました。私は地区の青年支部長をしています。今、目に適う人物の発掘に苦労しております。あなたが欲しいのです。期限はございません、何年でも待っております。お願いします」

（浅学非才なこの俺が？）と、このことはずっと他言せずにいた。初対面でなぜ。

◆神経衰弱

職人技を、気持ちは進まぬまま習得し、半年経った頃には、勝手（台所）で使う洗い桶、風呂場の汲み出し、洗い桶、洗濯盥はできるようになった。親方は言った、「思ってたより器用だな」。だが、俺の胸の内にはいやいやが充満していたのだった。

桶の注文は夜業すれども追い付かないほど多かった。この頃は農家からの注文が多かった。食料難のご時世ゆえ、畑を増やしていたからだ。戦後の作物増産が忙しさに拍車を掛けていた。米はないが、農家が相手の仕事は物々交換が利き、食料にはさほど困らなかった。その点では、時代に最適の職業といえたかもしれない。

それでも、おふくろは時折買い出し列車で遠方の野菜の特産地まで通っていた。大きなリュックサックを背負い夕方へとへとで帰ってきたが、カボチャ一つに曲がったキュウリ三本の時もあった。

親父は武骨者だが外面はいいので、日常から人の出入りは多かった。夜になってもお茶を飲みにくる人、おふくろの漬物を食べにくる人がいた。夜に桶を注文に来て、酒を飲んでいく人もあった。

俺は、夜になっても誰彼なしに人の顔を見なければならないのが嫌になり、奥へ引っ込んでしまうようになった。口を利くのも億劫になってきた。ちょっとしたお使いに出ても、俺は何を買いに行っているのか、何の用事なのかと憤りを感じるようになった。仕事場に座り、小桶を組み立て、仮箍を嵌めるがどうもうまくいかない。脇にあった銑で切り裂き、型を潰した。食も細くなり、仕事場に座る気力も失せていった。

◆年季奉公

親方は、俺の跡継ぎを断念せざるを得なくなった。それで親方が思い付いたのは、俺に他人の飯を食わせることだった。町には当時製材所が数十軒あった。それで、中でも厳格、堅実で名高く由緒ある石橋材木店に俺を年季奉公に出すこと――五年間給料なし、食住と衣類の支給のみ――を約束してきた。

（それでもいい、桶屋をやるよりは）

俺はこの家から逃げ出せればよかった。腹は決まった。風呂敷一つ持ち、父の自転車に乗せられて町の中心、本町三丁目一段下の通りへ。角の広大な敷地に二階建ての切妻屋根が見えてきた。木造の奥ゆかしい門構え、脇に潜り戸がある。生まれて初めて見る大きな住居だった。俺は材木店の旦那とおかみさんに「よろしくお願いします」と頭を下げた。

おかみさんに二階へ案内された。「ここを使ってください」とおかみさんが重い板戸を開けると、南向きの角部屋で、十五畳に一間幅の二段の板戸の押入れがついていた。おかみさんは押入れを開けてふとんと毛布と枕を見せた。

そして一階へ下りた。十八畳の居間を一段下げて、続きは帳場になっていた。おかみさんから、細かい役割を受けてまわった。

「炊事は一切、私がやります、家族は主人と私と子供が五人で、七人家族です。女中さんは今はおりませんし、奉公人もおりません、昔は何人も続いていた頃もありましたが時代も変わり、今、住み込みの人は珍しいくらいでしょ。大事なことを話してなかったね。名前は、ひろちゃんでいいですか？」

「はい」

「朝の掃除、頼みます。十八畳と帳場と土間と、十八畳の表側は廊下、裏側は十畳の女中部屋、階段、廊下の拭き掃除。そして風呂場、洗面所、トイレ。それから勝手の方ですが薄縁（うすべり）の敷いてあるところは食事場です。ここの棚にそれぞれのお膳がありま す。ひろちゃんはこれを使ってください。勝手の裏口から回って風呂の焚き場はここです」と、部屋を回りながら説明を受けた。風呂焚き場は入って一段下りて釜口があ る。五右衛門風呂と分かった。

工場の皆さんへの紹介は旦那と一緒に回った。工場、倉庫、林場、丸太置場、工場の門、奥の方には大きな土蔵も見える。製材大鋸一台（丸鋸）、帯鋸一台、小割用丸鋸一台。従業員は職工長以下六名と、番頭が一人だった。俺の仕事は、明日からとなった。

朝の掃除から自分の部屋まで入れると七か所の拭き掃除と、昔の建物は雑巾がけが多い。これが修業の基礎となる。始めからおかみさんに叩き起こされるようではと、眠ることはやめて夜明けを待って掃除を始めた。音を立てないように。全部やると二時間近くかかる。それから食事をして、時間があれば母屋の表回りの庭掃きをした。

製材所は七時半始業、五時終業。初日の仕事は製材した製品と端材を担ぎ出す作業だ。肩掛けはしたものの乾燥の足りない材木は重い。担ぐとずしりと腰まで響き、痩せ身は沈む。やはりこの仕事でも、「勉強はしなくても……」という両親の言葉が頭の中を過った。

昼食は勝手口から入り、棚からお膳を下ろして食べる。おかずを見ると、鮭の焼いたのとたくあん二切れだけだった。俺は幼児にして魚、肉、玉子、牛乳が嫌いだった。それで、たくあん二切れで飯を一杯食べた。これからは何でも出たものは食わなくちゃ生きていけないのか。

修業はここからだ。終業後の薪割り、風呂焚きを自発的にするのは俺の日課と決めた。夕食後は自分の時間が取れるが、お金もなく腹はすく。満足に食えないのは自己責任と決心した。煎餅布団を敷く。この布団も、何十人、何十年の先輩修業者の汗と涙が滲み込んでいて悲しさ、淋しさを物語っている。俺の寝ている下は帳場だ。そこの大黒柱に掛かる大きな振り子時計が大きく鳴らす音を数える。馴れない寝具では寝付きが悪い。ノートと睨めっこする。何を書こうか、日記か。将来への希望（のぞみ）か。詩歌、それとも、修業中の自己に負けない戒めの文句か……。結局、毎夜一つ訓戒の句を認めることに決めた。眠れぬ夜の長いこと。不眠も、慣れれば睡眠二時間で昼寝できずとも日常生活は支障なく暮らせるものだ。

旦那から、月五百円の小遣いを頂くことになった。ゴールデンバット二十本入りが三十円だったから、一日一箱は吸えない金額だ。それにたまには甘い菓子も食いたい。節約との戦いだった。月末になると煙草一箱買えない。十五円持っていって、半分だけ売ってもらったこともある。俺がまだ十七の歳だった。食い物が食えない人間はそれを許されていい、未成年の黙認の法則であってもよし、と自己認識することにした。

月一回、第三日曜日の休日は布団干し。しかし煎餅布団は一日干しても膨らむことを忘れている。過労の布団も気の毒だ。月一度の休日とあっても、金のない者は行く所もない。この町には中学の同級生はいっぱいいる。仲良しも七、八人はいるが、今の俺には彼らに会いに行く気になれない。もう少し待とう、きっと来る時期を待とう。我慢、これも修業のうちとする。

一番つらかったのは真冬だった。朝の掃除の雑巾掛け、風呂水使っても寒さで指が痺れてくる。夜は八人目に風呂に入るが、二階に上がるまでに震えがくる。暖房器具は何もなし、待っているのは煎餅布団だけ。冷たい布団に入っても足が暖まるには数時間かかる。頭の中では色々と考えが動き出す。振り子時計の音が三つ鳴った。そんな夜の続いた真冬を五年間慣れた心身、我に感謝する。奉公も数年目になると、痩身は変わらずとも精神力、忍耐力は誰にも劣ることなしの自信に満ちていた。

夜間の算盤塾にも何回か通った。当時は原木の仕入れは、山で立木で買うのが一般的だった。伐採搬出方法、距離感、年数、手入れの良さ、育て方などを考慮して総額を出す。そして山主との商談となる。値をつけるための立木の検知が大事な作業である。一人は帳面付けだが、傾斜の強い山の中ゆえ擦り傷負うのも当たり前。何百本を検知で飛び回っての一日仕事は重労働である。

旦那と二人で県境の奥山へ行ったこともある。俺が一番印象に残っているのは、県境の村の集落の名家だ。屋号は角中。旦那と二人で立木の検知に訪ねたが、物静かに優しさを滲ませた言葉で迎えられた。立派な土蔵が資産家であることを表していた。この家の主人に会ったその時、直覚的に俺の脳裏をかすめた。

(この方は、歳は四十代だったが、近い将来村長になる人だ)

邸宅の裏山に案内され、二百本の検知に俺は精を出した。商談もすぐまとまった。それから数年後、朝刊で角中のあの旦那が村長に当選したことを知った。

◆成人となる

修業四年目に、俺も成人を迎えた。式典に参加するために故郷の小学校へ向かった。小学六年生の卒業以来会ってない者が多いが、一目見れば姓名は分かった。顔を見ているうちにだんだんと幼な顔が浮いてくるものだが、残念なことに若くして亡くなった同級生も数人いた。

式終了後、数人で大人への一歩に祝杯を上げた。あの家来を従えていた憲は、殊勝なことに市の有名洋服店に就職し、職能磨きに努めているということだった。

◆選挙運動

石橋材木店の旦那が、町内から市議会議員選挙に出馬する候補の事務長を引き受けたことで、俺もその渦の中に巻き込まれていった。噂に違わず、夜の人の出入りの多いこと、驚きであった。この人たちが全部票に化けるのか。

人の群れは裏の離れの食堂に入っていった。飲食を堂々と提供していたからだ。その入れ替わりの早いこと。建設作業員風の数人の話し声によると、彼らは隣村の住人であり、明晩はあっちの事務所へ……などという話も耳にした。俺も夕方から、知人友人、親戚へ票のお願いに期間中走り回った。何も知らなかった選挙運動も興味を増すと熱くなるものだと知った。候補は無事当選できた。

修業五年目、粗方の知識は得たつもりではいた。弱い人間だった俺を変えた今、俺は人間が好きになっていた。話をするのが無性に好きになった。どのような職であれ、性格であれ、耳を傾ける。そして知識を吸収する。こうして、日々会った人たちの目、耳、会話を通して、その中から教えを受けた。

◆年季奉公に終止符

五年の修業で満足することなく、これからは外へ出て、広い所で空気を吸ってみたい。多くの処世術を学びたい。第二の修業の意気込みは十分だった。世渡りの不安もあるが、冒険心も強かった。

五年間のうち強い印象に残った出来事があった。うちの旦那の使いで、当時市内一番の納税者と名を馳せる社長の製材工場へ出向いた時のことだ。その事務所へ入り、「石橋材木店から使いに参りました」と封筒を差し出した。そこにいたのは女性事務員一人だった。その事務員は俺の顔をじっと見て、

「島田桶屋さんの息子さんですね。うちへ婿に来てくれませんか」

初対面で本人からぶつけられた、ありがたいお話であった。

実家に戻った時、父は、俺が年季奉公明けの祝宴を開いた。隣組、懇意のおじさん、おばさん、親戚。石橋材木店の従業員五名ら十数人を呼んで、料理屋の皿盛で、俺の辛抱を喜んでくれた。

戦後十年を過ぎ、民主国家として平和を得た国民の、復興を願う一心が日本を経済大国へ押し上げていた時期であった。

ある日、石橋材木店の住込奉公人の大先輩岡田氏がやってきた。今は立木の仲買人として名うての人物だ。

「市内中心地に工場と住宅を持つ、山岸材木店の二代目の旦那があんたを欲しがってるんで、どうかな。今郊外の広大な敷地に製材所と事務所を完成させて操業始めたと

ころだ」

数日後、岡田氏に同行し面接に赴いた。事務は奥さん一人で補っている。社名は法人にしてあった。愛想良く迎えた社長は、仕事について話してくれた。

「あの石橋さんで今時年季奉公したあんたのことは、市内の業者では話題になってましたよ、うちへ来てくれたら大助かりですが。番頭として願います。そのうち事務員も募集してますから頼めます。従業員は男女合わせて二十一名です。そのうちの十三人が女性です。おばさんですが、廃材で野菜の木箱の仕組板を作るのがとても忙しくてね。建築材は大部分は県内の競り市場へと、都内の小売店に出しております。私と家内は外に忙しい仕事を授かっておりますので、外出が多いのです。あんたには、その留守中の仕事も多く頼むこともあると思いますがよろしく、月給はとりあえず一万円でどうですか。今日は金曜日ですから、月曜日始業は八時から五時終業で、休日は月二回、第一・第三日曜です。月曜日に履歴書持ってきてください」

条件に納得し、俺は入社を決めた。工場内を一回りし、従業員に挨拶して帰った。

修業中と違い、肉体労働はない。社長夫妻の不在中は事務所の電話番が多かった。注文あり、社長への伝言なり、種々方々の連絡なりで、ぼんやりもしていられない。

休憩時間には、おばさん方の会話が花を咲かす。「今夜はどの方面に折伏に……」という話で、新興宗教の信者と分かった。織工長に聞いてみたら、この従業員は全員入会者ですとのことだった。いずれ俺にもその矢が飛んでくる、来るまで待とうと俺の腹は決まっていた。おばさんたちは皆元気がいい。夜中の折伏など屁でもなしと言う。

こんなおばさんもいた。俺の人のよさそうなのを見てか、「家へ寄ってください、旨いものご馳走しますよ、うちにも年頃の娘もおりますので」。

入社して一か月過ぎた。まだ矢は飛んでこなかった。県央に近い農村地帯の野菜の出荷組合を訪ね、営業に回った。電車は乗り継ぎだった。暑い日に駅から二キロも歩き回った。二か所の組合から、キュウリの仕組板五百組の注文を受けた。炎天下の道には店もなく、畑を野菜が占めていた。

俺は社長から入信の話のある前に退社を願った。退社して三日後、岡田氏が見えた。「番頭を欲しがってるいい材木屋があるから」と俺を引っ張って行ったのは、修業中から名前は耳にしていた森田材木店だった。街の中心からは離れて、大通りから二段下りた通りの端に、一反歩ばかり敷地に母家兼事務所があった。構内右手に一段高くして林場が横手に一つ。一般の材木屋では見られない木曽檜の役物（やくもの）は全部天然木である。半紙を重ねたような木目は数百年の貴重な歴史を物語っていた。左手母屋の隣には、離れて小さな丸鋸一台の製材所と休み場がある。その前に一本末口（すえくち）（直径）一メートルぐらい、長さ五メートルのラワン丸太が転がっていた。

森田の旦那は坊主頭に白髪が目に付く。背は高く矍鑠（かくしゃく）としており、顔貌は見るからに従者ではない。本業は市内唯一の青果市場の社長であった。

材木店は番頭と女子事務員兼女中一人と製材職工二人のみであった。特殊高級木材は需要は少ない。客足は遠いが、営業出歩きはしなくてよい。来た客だけに、ここにある在庫だけ売ればよい。外注は受けない。単価は帳面に一覧にしてある。職工さん二人は、お客さんが見えた時だけ手を貸せばいいのだそうだ。楽なこと、暇なこと。これで俺に月給一万円とは！　無事就職となった。

後日、一日の動きが知れてきた。客ゼロの日は職工の二人は何をしてるのかと聞いてみたら、休み場でお茶かコーヒーを飲み、花札で遊んでいるそうだ。俺もそうなるのかな。飽きることに耐えるのも修業かなと早くも覚悟を決めていた。

花札の遊びを覚えたのが取り柄とは。ただ、こんな好条件な職場は長続きしないものだ。それが分かる時が来た。

半年後のこと、俺の出勤を待っていたかのように、出掛け際、旦那に呼び止められた。

「島田さん、ちょっとお話があります。まあ聞いてください。わしも七十を越したことだし、材木屋も閉めて、青果市場も人に譲ることに腹を決めました。林場の在庫も年内に処分し、林場、製材工場も解体して、林場の跡地に木造二階建てのアパートを造ろうと決めました。職工さん二人には退職してもらいますが、あなたにはアパートが完成するまでしばらくお手伝い願いたいのですが、どうでしょうか」

俺は、「何かお役に立つことができれば」と申し受けた。森田材木店が閉める話は広がり、ぼつぼつと大工さんが見えてきた。

ある日のこと、市内で宮大工の修業をしたという岩下工務店の棟梁が来店した。資産家の離れを一棟契約したとのことで、木曽檜を使用したいとの意気込みで来たが、相当安価を望んでいるようだ。「値段によっては全部片付けましょう」と大きく出てきた。この棟梁、おもしろくなりそうな雰囲気を感じた。

森田材木店は、元来配達は一切しない。翌朝、早く出勤した俺は森田の旦那に岩下棟梁の件を詳しく話した。すると旦那は、「在庫を全部片付けるなら、明細書の価格の半額にする。必要材だけなら、量により三割引きで可とする。こんなところで話し合ってみてください」と言い、青果市場へ自転車で出て行った。

昼後、当の岩下棟梁が見えた。必要とする材だけの三割引きで一応手を打った。夕方、旦那にこれを告げた。

翌日、岩下棟梁は職人を一人連れ、仕様書と照合しながら材料を選んでいた。俺と二人の職工もそれを手伝った。事務員さんから、

「お茶をどうぞ」

と声がかかった。煎餅が多く添えてあった。茶を飲みながら棟梁が言った。

「森田さんがアパート建てると耳にしたんだが、それ、俺に請けさせてもらえるかなあ。近いし、職人も三人いるから、そのことを今夜森田の旦那にお願いに来てみるわ」

その日の夜、岩下棟梁は顔を綻ばせて帰った。後日、岩下工務店の見積書と設計図を森田の旦那が俺に見せた。旦那の顔には、闘争本能が表れていた。

それから半月にわたり契約までの折衝が続いた。やっと契約できましたと言った棟

梁の顔は厳しかった。最後は、瓦屋さんは別途契約で誓約したことも聞いた。この時、俺は不穏な先行きを感じた。

岩下工務店の作業場は母屋から離れた前の敷地に、広い材料置場も続き屋根でできている。時折俺は仕事の進み方を見て森田の旦那に報告した。森田の構内でも、林場倉庫、製材工場の解体工事の準備が始まっていた。俺は棟梁に工程表を見せてもらった。十一月中旬上棟・翌年三月中旬完成とあった。

棟梁の紹介で隣村の瓦屋さんが旦那との打ち合わせに見えた。瓦屋さんの帰りの顔色は悪かった。

「見積りして、また来ます」

やはり旦那の厳しさに、うろたえていたようだ。

◆岩下氏の素性

岩下棟梁とは懇意にさせてもらい、俺一人の時だけ、棟梁自らの家庭内、特に奥さんとの出会いから日常の生活態度までを聞かせてくれた。少しは珍しい話かもしれない。あるいは、岩下氏の世間の噂は公然となっていたのかもしれない。

棟梁の奥さんは、元遊郭の女性であった。惚れて通うこと三年間、泣き落として妻にしたという。

さらにこの婚姻は特殊な「条件付き」であった。

市内でも大手の自転車屋の御大将は、一物の大きさは天下一品と有名な人物であった。大将は女好きで、それはなんとこの大将の奥さんも容認であった。通った遊郭の十数軒で、寸法が合ったのは、あの岩下氏の奥さんだけだったらしい。そこで「条件付き」とは何かというと、大将が岩下宅に通い、奥さんに会うことを認めることであった。その関係は婚姻後も穏便に続いているという。岩下氏の人間の奇妙な心の広さ、奥ゆかしさを感じたお話だった。

ちなみに、俺の家の近所にも広い心の男性がいた。旧家の御曹子で、二人の妻と同居し、平和な家庭も模範的。建材業を営み、事務、従業員人事、取引に関する仕事はいわゆる二号さんが担当していた。この二号さんは、なんとこの地の花柳界で芸妓ナンバーワンだった人である。

ある時俺が父の用で訪ねた時、三人で在宅だった。

「やあ桶屋のひろちゃんか、大きくなったなあ、彼女できたか？　なに、いないのか。

うちには二人いるから、どっちでも好きな方をくれてやるよ」

こういう冗談を奥さんの前で言えるほどの人だから、こんな美形で頭の回転の良い、人の対応もすばらしい、女として申し分ないでき上がりの女性(ひと)に惚れられるのかと思ったものだ。この旦那は、世間の老若男女問わず愛想がいい。誰のどんな相談でも引き受けてくれる大物だった。十年後、俺は地元を離れてしまっていたが、旦那が市議会議員に当選したことを新聞紙上で見た。初の立候補での最高点当選に、俺は心で乾杯した。

◆俺自身の逸話

二十歳の正月三日、小学校の親友の実家へご馳走に呼ばれた時、姉さんがいたのを知った。数日後、親友の父親が家に来た。

「うちの娘を貰ってください」

不意にこんな話を頂いたが、俺はまだ修業中だ。父母と三人で会い、お断りすることの了解を得た。

同じようなことが一年後にあった。それは中学校当時の同級生の者で、一町二村も離れた機屋だった。やはり正月三日だった。呼ばれていたので自転車で坂を越え、ご馳走になった。その家にも姉さんがいた。

半月後、その家の母親がバスを乗り継ぎ、うちに来た。何かと思えば、

「うちの娘を嫁に貰ってください」

とのことだった。

まだまだ社会へ出たばっかりで嫁さんを食わせていけません、と正直なところを話し、理解していただいた。

◆からくり箱

あの〝一物の大将〟の店に、俺の小学校の同級生勘太が住み込みで働いていた。俺が通りかかった時、勘太はパンク貼りをしていた。目が合ったので立ち寄った。久し振りの再会で話が弾んだ時、奥から大柄な大将が、脂ぎった顔で俺を見て、近づいてきた。

「あんた、勘太の同級生かい」

俺は頭を下げ、おじゃましますと言った。思わず大将の股間に何気なく目が動いた。

すると大将が、
「あんたにいい物見せてやるよ、ちょっと待ってて」
と、肩幅ほどの蓋付きの木箱を抱えてきた。俺の前に置くと、こう言った。
「この箱、君、開けてみな、開けられたら君の将来は開けるよ、どうだ、やってみな」

俺は、このおやじのことだから……と、箱の中身についてはおおよその見当は付いてはいたが、人生で初の挑戦だ。四、五分でその箱を俺は開けた。想像はしていたが、純情無垢な俺には未知の世界が開けた感じだった。

あれから五十年後のこと、あの時のことを思い出し、からくり人形箱を作ってみた。人形は、紙粘土を使った。我ながら見事なでき映えだった。やはり人に見せたくなるものだ。陶芸の仲間、川柳の皆さんに見せてみたが、酷評はなかった。

工事が進み、森田材木店の面影は消え、すっかり整備された敷地はアパートの棟上げを待っていた。三月二十一日大安吉日の上棟式には、森田の旦那も終始にこやかだった。職人は酒が強い、俺は飲み屋の店員のごとく気を配り、酌をして回った。工事は順調に進んでいた。

そんな頃、従者の柄ではないと思っていた森田の旦那の人間像が浮き彫りになってきた。

県中央の県会議員の福山氏という人物が、旦那に会いに二人連れで来た。この福山氏なる人物、歳は五十代で見るからに遣り手の風格。この市にある映画館二棟を買い取り、現代風に造り変えるという。その挨拶に来たようだった。

福山氏は興業師で、昔、森田の旦那の助言を受けていた間柄のようだった。福山氏は工事を素早く進ませていた。スクリーンは最新のシネマスコープに、全席椅子にして、二館は立派に完成、招待状が森田の旦那のところへも来た。俺もチケットを貰って映画館に行き、久し振りに楽しむことができた。

森田の旦那は、昔の本業は漬け物問屋。大正、昭和の初めの時代はなんと海軍省へ梅干を一手に貨車で納めていたという。大きいことは男の誉れだと思った。

アパートの完成を見た。二階建て十世帯、当時新築アパートは珍しかった。完成祝いは職人だけで、盛会だった。いよいよ俺もこれでクビか。覚悟はできていた。今日でお別れと酒を注ぎながら一言一言、お別れの言葉を述べていた。一同が帰った後には、日も落ちていて、急に淋しさが胸に迫ってくる。

「旦那、今日まで置いていただき、ありがとうございました」

俺は最後の挨拶をしたつもりだった。

「島田さん、もう何日か来てくれませんか、アパートは仕上がりましたが、しばらく建物を点検してからお客様に住んでいただきたいと思ってます。わしの目で確かめたいのです。それから入居者の募集をしたいと思います」

なるほど一理あることが分かった。

「そうしていただけたら自分も生き延びることができますので助かります」

こうして本格的な働きのない勤め人となり、半月が過ぎた。時々、建物の外部、部屋の造作、障子、ガラス戸等に欠陥が出てきていないか見回った。

ある日、雲行きが怪しくなってきて、ついに大雨となった。俺は事務所の椅子でアパートを眺めていたが、長雨になってきたので俺は傘を借り、アパートの外階段を上り、外廊下を歩き出した。ガラス越しに目をやると、廊下に雨が降っていた。真上は棟だから、雨が吹き込むことはあっても雨が降ることはあり得ない。瓦屋の欠陥工事によることが一目瞭然である。これは大変なことになった。それで俺は思い出した、契約時の瓦屋さんの渋い顔を。

森田の旦那は岩下棟梁を呼び付けた。旦那の形相が棟梁を威嚇する。現場を見れば原因は分かるはずだ。工事のミスの問題ではないことぐらい俺にも分かる。瓦屋の工事価格をあまりにも値切った腹いせに臍を曲げた職人がわざとやったのだ。

雨が止んだ次の日に、瓦職人はやってきて、挨拶もなくすぐ屋根に上り、棟瓦を音を立てて手直ししていた。終わると、旦那の出掛けた後のためか、俺に一通り直しましたと伝えてくれとの一言で、さっさと帰っていった。嫌な予感がした。旦那の帰りを待ち、報告した。そして、今日で退職を願い諒承を得た。月末まではまだあるが、給料一か月分を頂き、

「短い間だったが、ありがとうさんでした」

と、旦那は白髪頭を下げた。

俺は薄暮の道を軽快車（自転車）で走った。ふと、あの人に、岩下棟梁に一言別れの挨拶をと、棟梁の家の戸を叩いた。棟梁ご夫婦は、差し向かいで晩酌を始めていた。

「あれ、お楽しみのところ、お邪魔しちゃってごめんなさい。今日瓦屋さん手直しを終えました。そして今日で自分も退職しました。岩下さんにはその間、お世話になり

ました。一言お礼を申し上げたくて寄らせていただきました。それでは失礼いたします」

「あら、森田の番頭さん、ごくろうさんでしたね。短い間でしたが主人もあなたに会えたこと、喜んでましたよ。せっかくお寄りくださって、別れの挨拶だけで帰るなんて、あたいは許しませんよ、ね、あなた」

と、奥さんは棟梁の首を縦に振らせた。こんな言葉を頂いて、このまま帰るはずの足を取られてしまった。座敷に上がると、酒肴が卓袱台に並んだ。奥さんを近くで見たのは初めてだった。盃を渡され注ぐ仕草も玄人で色香を漂わす。棟梁も、

「あんたとゆっくり飲みながら話してみたかったよ、今夜は、ゆっくり飲んでってくださいよ、うちのかあちゃんは、お酌も上手だし、なにもかももね」

と言い、その夜の酒は今までにない旨い酒だった。豊満な奥さんの色気は後を引く感じだった。

森田を辞めた後、岡田氏は家に見えなかったため、二度も仕事を紹介していただいたお礼に伺った。岡田氏が奥の部屋から出てきた。俺が菓子折りを差し出してお礼を述べようとした時、奥さんが手を横に振りながら、主人は言葉が分からないんです、

と言った。確かにただにやにやしていて口が少し曲がっていて涎(よだれ)を垂らしていた。体を悪くして、その後遺症があったようだった。俺は奥さんに厚くお礼を述べた。

◆試練

森田さんの所で働いて、少ない時間だったが俺にとっては貴重な経験となった。稀なる話も聞けたし、実情を会得できた。ありがたいと思っている。胸の奥に大切に残しておきたい。

失職状態で二、三日、身の振り方を考えてみた。ここの地域には、俺が勤めたい木材業社は見当たらなくなっていた。胸の中にあることは、中央に出て、大きな販売の仕事はもちろん、材木を齧(かじ)って生きたいということだった。俺は東の彼方を指して念じていた。

ひとまず、独立して冒険をしてみよう。それも将来の財産になると信じて、木材商の認可を得るべく県庁へと足を運ぶことに決めた。

まず、数年前から知る、町に住む業界の一匹狼田嶋さんを訪ねた。俺より五つ年上だった。早朝だったので家族で食事中だった。奥さんと五歳と三歳の男の子は食べっぷりがよい。俺は食わず嫌いだったなと幼年期を思い出した。食事の後、田嶋さんは「外で話そう」と、近くの公園へ案内した。ベンチに腰掛け、俺の独立を話し、個人での事業の方法や木材の販売方法などを話してくれた。

俺はまだ二十三歳にもなってない。自立心を養う絶好の時期かもしれない。

焦らず、ぼつぼつと足は軽快車を漕ぐ。目的地は、橋を渡り里山を背にする農村である。俺の欲しい立木があるか目を光らし、里山に集中した。建築材の杉、檜でなくても、雑木の中にも用途のある木はある。床柱用、農機具の柄に最適な木もあるのだ。目に付いた立木が農家の裏山にあったのでその農家を訪ね、購入の交渉。「こんな浅木を何に使うの？　薪にするのかね」

と、喜んで売ってくれた。ついでにこの主人に、この村の人に、これと同じくらいの太さがあれば樹種はなんでもいいです、買い取りしますのでと、後々への道筋を付けておいた。伐採と運搬は、古くから知るこの村のおじさんに頼むことにした。

初仕事の立木の買い取りは朴（ほおのき）二本と羽柄材用一本、床柱用二本を即金で支払った。帰り道は自転車の機嫌の良いこと。頭の中では、売り先を決めていた。売上と賃挽（ちんびき）料（りょう）と運搬、伐採代などの経費、総売上、そして利益まで、およその計算はできてしまった。

自宅へ戻ると日が落ちた。俺は市の郊外にある多田製材所へ、賃挽のこれからの依頼をよろしく願った。

数日後、朝早く、四十代と見える人物がやってきた。立木、素材（丸太）の仲買人だった。なぜ俺のことを知ったのかというと、地元の、小規模ではあるが昔からの製材所を営んでいる二代目の妹さんがこの人の奥さんで、木材商の名簿で知ったとのこと。早速いい商売にと儲け話を持ってきました、とのことだった。

この人の喋りは焦り気味だった。「近いうちに間伐材を伐採します。四、五石（小丸太三十〜五十本）は出荷できますので、今契約してもらえば……」と言う。契約の段階では一割ぐらい支払ってもらえばと早くも手帳を取り出していた。名は村田と名乗った。預かり書は置いていきますと言う。初対面で、ちょっと先走った話に、俺は乗れなかった。

「話を持ってきていただいたことには大変ありがたいと思いますが、私はまだひよこでありますし、資金もありませんので、今すぐと申されましても……。今回は申し訳ございません」

帰り際、せっかく儲けさせてやろうと思ってたのに、と彼の腹の中の呟きが聞こえてた。

賃挽工場へ行き、職工さんへ寸法と面の取り方を下手(したて)に説明しながら製材をすべて終えた。床柱用材は都合良くそこを借り切ることができたので、床柱専門の加工から塗装と済ませ、完成品を、夫婦で営む山中さんに買い取ってもらった。朴は貴重な材である。厚み一寸一分の丸挽でよし、家具建具と職機の部材には欠かせない材質だったのですぐ売れた。棒屋さんに知り合いの職人さんがいたので、柄の材は一言で完売となった。半日足らずの営業だった。

さて次はどこへ足を向けるか。意気込みを強く感じた。立木を売ってもらった隣村へ完売を報告に、手土産を提げて各家を回った。新しい山持ちも紹介してもらい、朴、雑木数本（これは床柱が何本も取れる高木）を新たに買い付けした。今日も帰りの軽快車は鼻唄を聞きながら漕がれていた。

数日後には、また多田製材所へ。職工さんに前回同様説明して、職機屋さんの大手の工場へ営業に寄ってみた。これもご縁というか、ここの若大将とは一度街のやきとり屋さんで会っていたことがあった。なんと間の良いことに、朴と桂の木だったらいつでもいくらでも買いますとのこと。世の中って捨てたもんじゃあない。

それから数日後のこと、三歳の時に俺の眉間に疵を付けた男、カズ坊がやってきた。彼は体格のいい山男になっていた。俺の木材業を耳にしてやってきたという。今数か所の杉山と雑木林の山持ちから管理を頼まれていて、ほぼ年間を通して山林で暮らしているとのことだった。

「時々、杉の間伐がある。少量ではあるが、買ってくれるかな」

カズ坊のこと、話には内金をくれとは出てこない。信用の見える話だ。乗ってみようと決めた。玉切りを終えた丸太はカズ坊の家の脇に集めることになった。そしたら連絡するから、と言う。確かな話だ。俺はその時、検知の上で値段を決め、即金で払いますと伝えた。黒木を育てるのは容易な作業ではないことはこの道に入って身に染みている。四十年、五十年、枝下ろし、下草刈り、年を置いての間伐をやり、成木となれば一山伐採。玉切りに加えて、昔は杉皮を剝く作業もし、大仕掛けの鉄索、橇（そり）を使っての搬出はすべて重労働だ。俺に買ってくれと言った丸太は、カズ坊が間伐した手間賃代わりに貰ったものであった。

その後も、五十代ぐらいの仲買いと称する人がやってきた。日のあるうちに来て、同じような言葉を並べ、結局は手付け金とか内金として今すぐ金を、とくる。現物を見てから即金払いすることは、商売をする上で固く決めたことである。しかし、この人が暗くなっても帰らない。帰れとは俺は一言も口には出さなかった。八時を過ぎた頃、ようやく帰って行った。この男に金を渡したら、物は来ない、金は絶対に返さないという、界隈では札付きの男だった。

数日後、次の間伐材はないかと、なんとなくカズ坊の所へ訪ねたが、山へ出掛けていて日暮れ前には戻るだろうということで、俺は奥の集落に住む、大叔父（祖父の弟）の家を訪ねた。獣道かと思える人道を登ると、砦のような小さな平家があった。急勾配の山を削り建物だけの敷地を造り、庭は空中に長い丸太を数多く立てて丸太を組み、櫓（やぐら）の上に小丸太を敷き、杉の枝、杉皮など乗せてその上に土を被せてある。上に乗ると身体が弾んだ。

髭面のおじいさんがいた。笑みを浮かべて俺を歓迎してくれた。戦死した長男の嫁と孫の男の子が一人いるとおふくろから聞いていたが、その時は一人だった。おじいさんはお茶をいれてくれた。

「たけさんは近所へお喋りに行ってるのでもう帰ってくるだろうから、ゆっくりしていってくんな」

この辺の近所といっても、住居のような建物は見当たらなかった。おじいさんは老体だから仕事はできない。近くの山を歩いて薪拾いと風呂沸かしするだけだと言っていた。孫は大工の見習いに隣村の棟梁の所へ通っている。普段、昼間はラジオを聞きながら横になっていると言う。日露戦争の話を始めると顔が生き生きとしてきた。時々俺は相槌を打った。話はますます熱気を帯びてきた。俺も時間が迫ってくる。続きはまた来るからねと、暇を告げた。

カズ坊宅へ寄り、待たせてもらうと帰ってきた。すると俺の顔見るなり言った。

「ひろちゃんよう、この間、小玉の兄の方が、あんたの所へ行ったんだってなあ、長時間粘ってたが話にならなかったたって。分からず屋の野郎だぜ、あんな若造相手にするもんかなんて、口をとんがらしてみんなに言ってたよ」

俺はそんなことになっているんじゃないかと思っていた。今日来たのは、その情報も知りたかったからだ。カズ坊は続けた。

「それがよう、それからえらいことになったんだよ、上の邸宅に住む村の顔役の御曹子、稔さんの耳にそれが入って、小玉の兄が呼び付けられ、人前で袋叩きにされた。

今でも顔が紫色に腫れ上がって、当分あのざまを世間に晒すことになってる。ざまあ見ろと多くの人は言ってるだろう」

稔さんは俺が三歳の頃、俺の家の前を通る時、俺の顔が見えると「ひろ坊」と声を掛けてくれていた人だった。ここでまた一つ人間の悪と純良との格差は表れることを知った。

賃挽工場にいた時、久し振りに田嶋さんが見えた。「夕方、一杯やりましょう」ということだった。

時間を合わせ、街の札所の裏の飲み屋に入った。調理場にいるおやじさんに見覚えがあった。おやじさんは、カズ坊からの買い入れ材を運んでいる人だった。運送屋と飲み屋の二足の草鞋を履くおやじさん、その隣にいた愛想の良さそうな中年の女性は、田嶋さんの話では二号さんということだった。

田嶋さんは、自宅を売却して、市の西方の、ここから一山越えた隣町へ越すという。もうそちらにある製材所と小さな事務所とを買い取りしたとのことだった。

「事務所を住居に改造して、一か月以内には向こうへ行けると思うので、その時は、出掛けてみてください」と、今日の話はそれが主だった。田嶋さんの先の予想では、今までのような製材所の経営では生きていけない。新しい場所は、周りに山林が多く、雑木林が多い。これをものにしようとの考えからの今回の決断のようだった。

数か月後、田嶋さんからハガキが届いた。「一度来宅を。いい話あり」と、電報のような文面だった。田嶋さんの新居までには峠が二つある。一つは有名な長い急坂のある峠。曲がりが多いので、運送屋さんの非難の的だった。俺は自転車で越えることを想像する。下りはよいが上りを考えると……。

そこで俺はあの自転車屋の大将の下で働いている勘太の所へ行った。中古自転車に中古の原動機を取り付けて安値で作れ、二、三日で完成しておけと高飛車に出た。燃料は混合だったので黒い煙を吐きながら、急坂を、足も手伝いながら長い坂を、頂上へ。ただし下りはその苦労を取り返し、楽を感じる。

ようやく田嶋さんの家へ着くと、田嶋さんは製材職工の姿で酒屋の前掛けをして作業をしていた。端取りは奥さんだった。夫婦で息の合う仕事も楽しいだろう。儲けも全部懐に収めることができる。しばらく作業を見物させてもらった。奥さんは「お茶を」と言って住居へ。

ハガキにあったいい話はというと、田嶋さんが今挽いている床柱用の材は、雑木から選んだもので三十本ほどあった。十尺の長さで、四寸角と四寸五分角とがあり、面は両端の皮面を残す――これが床柱の挽き方である。さすが田嶋さん、一本一本念入りに挽いてある。その三十本を、俺に安く売ってくれるという。

「えっ、そんな安くていいの」

驚きの値段を聞いた。安価な理由は、山主から、「昔は炭に焼いたのだが、ご時世が変わった今、薪もだめだから、太めの木は整理してくれないか」と依頼されて作業を受けた。その手間賃として高額を頂き、使える材は無料だったとのこと。それがこの床柱材ということだった。

この山主は何山も持っていて、当分続く仕事だと田嶋さんの笑みは絶えなかった。俺は内金を手渡し、帰りがけに市内の大手銘木店へ寄り、完売を約束し、二、三日のうち納入とした。その頃には原付自転車の燃料は欠乏していた。

世は公団住宅、都営住宅、県営、市営住宅と、鉄筋コンクリート建ての集合住宅も四階、五階建から八階、十一階、十四階建へと変貌していっていた。建設時には仮枠材に必要とする「バタ角」が必需となる。間伐材の細丸太で可だったので安く購入できた。中央部の競り市場へ出荷すると完売と、おもしろいように売れる日々が続いた。

こんな時、旧知人が、俺に話もしないまま県境の山村の細丸太を四トン車に満載して多田製材（賃挽工場）へ下ろした後に、俺の家へ来て、「注文で持ってきた製材所がキャンセルしたので、荷を下ろしてトラックは帰した」と言った。現物を確認するため急いで製材所へ行くと、なるほど、細丸太だけで二百本余りあった。本単価で引き取って、十三尺の長さで全部三寸角を挽いた。そして県中央の市場へ出荷し、一発の競りで完売。数日後に無事決済となった。

◆寺の坊さんの仲買人現る

突然自転車で現れた小柄な男性。丸坊主の顔は一見徳を備え、柔和だった。喋りは丁寧で、言葉の運びにそつはない。

「私は川向こうの昔の村、田ケ谷の長覚寺の坊主で秋野と申します」

と名乗り、

「今日伺いましたのは、市内の田嶋建具店さんに聞きまして、材木の紹介に……。坊主だけでは食ってはいけませんで、お役に立てることでしたら何々と動いております。実はうちの寺の裏山の持ち主が、里山の中の太めの浅木を伐採しようと思っております。そこで、見ていただいて、何かご使用になれる用材がありましたら、使っていただきたいとのことで、そのお使いでお邪魔に上がりました」

話の筋は通っているし、言葉の運びからも本物の修行者を思わせる。俺の修業とは違うわ。山を見に行くことになり、自転車で後を追っていった。大橋を渡り、黒山の麓を長々と走った。

「ここがうちの寺です」

俺の目に寺は見えなかった。正面に墓は見える。右手に古い細長い住居らしき建物があった。

「秋野さん、寺はどこですか」

「ここは、本堂がないんです。墓だけです。私の住居はこれなんです。寄ってみてください」

坊さんは戸を開けて、中へどうぞと。入ってみたら奥に二間畳が見えた。片方へ目を向けると、天井が抜けて青空が見えた。大きな穴だ。つまり室内に雨が降る。屋根は金が掛かるから修理も止めている、馴れるとこのままでも粋なもんですよ。星がきれいですよ、と。これで寺の住職と言えるのだろうか。それより本題にと、里山を案内され、めぼしい木をと探す。床柱用と、使える太さの立木は十数本あったので、山主さんの所へ寄った。「値段によりますが買います」と言い、この日ははっきり結論は出さずに帰った。

翌日、田嶋建具店に寄って坊さんのことを聞いてみた。かつては坊さんだったが今は資格は消滅していて、住居も追い立てをくらっている。奥さんはいるが、市内の木製の衣紋掛け製作所の社長の愛人をしているそうですと。世の中には色々な夫婦がいるし、異色な生活もあるものだと、また一つ知識を得た。

数日後の朝早く、秋野の坊さんが見えた。

「墓裏の里山をどうしても少しでも整理したいという山主の頼みで来ました。値段はあなたに任せるそうですから、もう一度、見分して、買ってやってください」との伝達だった。そういうことでしたら伺いましょうと、茶を一杯飲み、この前と同じ道程を自転車を漕いだ。

雑木は、床柱は立木一本で一本しか取れない、枝などは引き取れない——すなわち、こちらの用材だけの買い取りを条件として購入した。十三本を即金で決済し、直伐採は山主自身で行い、車の入る所までの搬出も受けてくれた。それなりの手間代は出すことにした。秋野さんには少し多めの礼金を渡した。その時、目を細めていた秋野さんだった。

　俺はその足で飲み屋と運送屋をしている二足の草鞋のおやじさんに運搬を頼んだ。帰り際に多田製材所へ寄り、職工さんに、「材が入ったら、間のある時、床柱用に挽いておいて」と頼み、帰宅した。

　翌日、秋野さんが姿を見せたのは、夕暮れだった。

「昨日はたくさんご購入いただきありがとうございました。今日はその礼に来ました。街の新店を知りましたので、今日は私のおごりで。ご一緒させてください」

　昨日の今日での出方に、俺はこの坊さんに取っ付かれたかなと、少し退(ひ)くものを感じた。でも、わざわざ長い道程を、この自転車もごくろうさんだと、同行した。店内に入る時には陽はすっかり落ちていた。真新しい真っ赤な暖簾が袖を引く店だった。客はいなかった。眼力の強いおやじが一人で切り盛りしているらしい。

「いらっしゃい」

　おやじの顔が崩れたが、何だか不気味な顔になる。水商売の不馴れが分かった。炭火を大きな団扇で煽ぎながら、何を焼きますかと聞かれると、秋野さんは「おまかせします」と告げた。

酒は温燗で。やきとりを食いながら、秋野さんが聞いた。

「大将、この街の生まれかい、見たことはない顔だけど」

「はい、わしは生まれは上州です。山ん中の貧乏人の次男で、若い時やんちゃでした。この顔が証明です。何度か警察のお世話にもなりました。この街に来てから真面目に運送屋さんの助手をやってきましたが、体力の衰えには勝てませんで、今こうしてある方のお力で店を開くことができました。なにとぞ今後共よろしくお願いいたします」

そうって頭を下げたおやじの顔がほころんだ。

「大将、大分飲んじゃったな。やきとりもなかなかのもんだよ。また来るけど、私は川向こうの長覚寺の坊主で、秋野と言います。今日は付けにしておいてよ」

大将はあっけに取られた顔していたが、仕方なく、首を縦に振った。

それから数日後、俺はたまった端材を長さ六尺の薪にして、荒縄で結ぶ作業をしていた。この薪は賃挽料の代金になる。金を生む仕事で、俺はこれが大好きだった。そこへ顔を見せたのは、秋野の坊さん。今日は何の話かなと問えば、今日はおもしろい店を見つけたので一緒に行ってもらいたいのでと、真顔で勧められた。承知すると、「時間は三時過ぎ、市内中心を過ぎて左手に、大きな造り酒屋がある。その先の右手に薬屋があり、その先隣りに狭い路地がある、そこを裏へ行ってください。薬屋の前で待っているから」と念を押された。

◆愛人業？

約束の時間に俺はそこへ行った。小柄な丸坊主は離れていても目に付く。秋野の坊さんはタバコを吸いながらこちらを向いていた。

「今日は支払いの心配はしなくて済むから、遠慮なく飲み食いしてくださいよ」

裏口からこの家の中へ入ると、顔を出したのは、中年の普通の女性だった。薄化粧が似合っていた。

「秋野さん、仕度してあります。お連れの方、まあお若い人ですね、こちらへどうぞ」

と愛想の良い言葉。通されたのは、普通の住居の四畳半の部屋だった。卓袱台の上にはお銚子数本と数種の肴が目を引いた。この時、脳裏を掠めたものがあった。もしかして、ここは潜りの飲み家か。隣の部屋から子供の声がする。三人が座に着くと、秋野の坊さんはおばさんに俺を紹介した。まず一杯と、三人で乾杯した。飲んでいるうちに、このかみさんが身の上話を聞かせてきた。

「わたしは結婚はしておりません。歳は四十前です。でも男の子が一人います。今六年生です。二十六歳の時、小料理家の女給をしていました時に、市内で電気工事と電気器具店を経営する雨宮さんと知り合いました。そして妊娠しました。雨宮さんは優しく、子供がいなかったので思いもあったのでしょうね。生みなさい、一生二人の面倒はみるからと言ってくださいました。それからずっと親子はお世話になってきました。世間では、妾と称されて生きてきました。ところが一昨年の暮、急病で雨宮さんは亡くなりました。その時わたしの目の前は真っ暗になりました。今はこの家に間借りしておる次第です……」

長々と悲しい酒になってきた。このような事情のある人の所へ、なぜ秋野さんは俺を連れてきたのか。それを知りたくなった。まさか、俺をこのかみさんの応援者に？秋野坊さんの腹の中を、俺は深くは追おうとは思わなかった。ご馳走になり、空っ手で来て、そのまま帰るのは気が引けたが……。

帰り際だった。外に出て、表通りへ出る前、秋野さんが離れている時だった。かみさんは俺の耳元で、「あんたのような人だといいんだけどね」とささやいた。後を引かせる言葉だった。このかみさんのような生きる道もあることを知り、将来の教訓に活かすことにした。秋野の坊さんはその後、俺に顔を見せることはなかった。思えば短期間の不可解な付き合いだった。俺は秋野の坊さんの生活、心情を脳の篩に掛けて、将来に活かすことにした。

賃挽の多田製材所さんに、赤岩さんという五十代のちょっと強面で、でも女性には優しそうな男性がいた。俺の数倍の量の素材丸太を挽き、市場へ出荷していた。いつも奥さんらしい人が手伝いに来ていて、看板刷りから製品運び、端材の片付けなど手際よく馴れたものだった。休憩時間に茶飲み話をするうちに、互いに素性が知れてくるもので、赤岩さんは前の奥さんに逃げられて、この女性とは、今は同棲中とのことだった。同じような人たちに俺はよく出会うものだ。

原付自転車で東方の四里も先の山村に行き、めぼしい材はないかと山里へ入っていった。小さな峠を原付の黒い排気を吐きながら行き、両端の山肌の集落に目を張っていた。

山の頂に一軒の屋形と太い松が数本立ち並んでいるのが目に止まった。坂道を原動の響きも高々と進み、最後は押し上げた。屋敷一帯と頂上は平地の山林だった。母屋の手前の右端の山林に、下からも見えた赤松があった。見事な太い松で、珍しく曲りのないものが四本あった。建築用材として製材して造作材に使える。框(かまち)か、板にすれば、高級住宅か料亭の縁甲板がいい。俺の頭の中にはそんな使用法が浮かんでいた。だがこの銘木ともいえるような松の立木を、数多くいる材木商人が見逃すはずはない、こうして立っている、経緯を知りたい。それだけでも、今日の糧になると思い、恐る恐る母屋の玄関のガラス戸を開けた。

「こんにちは。……ごめんください」

すると、薄暗い勝手の方から、「ハイ」と小さな声で返事があり、薄色の丸眼鏡の五十代の男性が近づき上り端まで来て、じっと俺の顔を見た。

「何の用ですか」

この若造が……と、男性の腹の中が見えてくるようだった。

「今、下の県道から立派な松の木が目に入りまして、つい誘われまして、松をしばらく眺めさせいただきました。あの松、売っていただけませんか」

「あんたも材木屋さんかい？　売りますよ。今まで何十人と何回も買い手は来ましたが、わしと値段が折り合わず、今でも立っております。わしと合えばいつでも売りますよ。買ってください。……わしの言う値でよかったら」

旦那の言う値段を聞いて誰もが諦めるだろう。その時、俺の胸の中から応援する力が湧いてきて、言葉を口から押し出した。

「その値で売ってください、自分が買います、代金は明日お持ちします。自分はこういう者です」

と俺は名刺を差し出した。

「あんた、本当に買ってくれるのかい。大損するかもしれないよ。だけど若いのに、今日初めて見えて、わしの言う値で買おうとする。あんたに運が付くかもしれないね、明日金を持ってきてくれるというが、一晩よく考えて、止めてもいいんだよ」

そこまで言ってくれるのも、俺が若造だからの親心かとも思った。旦那は勝手に行き、銚子一本と、盃二つを持ってきた。

「つまみは何もないが、一応商談成立だから。気に入った、わしの気持ちだ。一杯やってください」

郵便はがき

料金受取人払郵便

新宿局承認

7553

差出有効期間
2024年1月
31日まで
（切手不要）

1 6 0-8 7 9 1

1 4 1

東京都新宿区新宿1－10－

（株）文芸社

愛読者カード係 行

ふりがな お名前		明治 大正 昭和 平成 年生
ふりがな ご住所	□□□-□□□□	性別 男
お電話 番 号	（書籍ご注文の際に必要です）	ご職業	
E-mail		
ご購読雑誌（複数可）		ご購読新聞

最近読んでおもしろかった本や今後、とりあげてほしいテーマをお教えください。

ご自分の研究成果や経験、お考え等を出版してみたいというお気持ちはありますか。

ある　　ない　　内容・テーマ（

現在完成した作品をお持ちですか。

ある　　ない　　ジャンル・原稿量（

名				
上 店	都道 府県	市区 郡	書店名	書店
			ご購入日	年　月　日

どこでお知りになりましたか?
書店店頭　2.知人にすすめられて　3.インターネット(サイト名　)
DMハガキ　5.広告、記事を見て(新聞、雑誌名　)

質問に関連して、ご購入の決め手となったのは?
イトル　2.著者　3.内容　4.カバーデザイン　5.帯
他ご自由にお書きください。
(　)

についてのご意見、ご感想をお聞かせください。
容について

ー、タイトル、帯について

弊社Webサイトからもご意見、ご感想をお寄せいただけます。

ありがとうございました。
せいただいたご意見、ご感想は新聞広告等で匿名にて使わせていただくことがあります。
様の個人情報は、小社からの連絡のみに使用します。社外に提供することは一切ありません。

籍のご注文は、お近くの書店または、ブックサービス(0120-29-9625)、
ンネットショッピング(http://7net.omni7.jp/)にお申し込み下さい。

この旦那は俺の気持ちを先まで読んでいる、初対面で即商談成立で一杯とは、こんなこと、俺の人生で初めてで、二度とできない貴重な天からの贈り物かもしれない。幸運はすぐそばにやってきた。この家の主、堀口氏は人生の猛者かもしれない。俺は何かの力を得た気分で暇を告げて、外へ出た。

四本だけではなくもう少し買いたい。そう思っていると、この家から離れた林の中に草屋根が見えた。この里山の続きである。その家へ近づくと、周囲は雑木で、その中に曲がりくねった中太の松の立木が無数にある。もしこの家が山主であったらと、声を掛けてみた。中から年老いた女性が出てきた。

「今、堀口家の旦那からあの松を買わせていただきましたので、もし周りの松の木がお宅様のであったら買わせていただきたいと思いまして、寄らせていただきました」

「ああ、あの松の木あんたが買ったの。へえー、この周りは全部うちの山ですよ。こんな松、何に使うんですか？　よかったら全部切っちゃってください、いくらでもいいから」

この言葉は幸運そのものだった。だが俺は言った。

「おばさんは、息子さんおるんでしょ。今晩ご相談なすってください、明日、堀口さんの所に来ますので、その時ご返事を」

「せがれが一人いるが四十にもなるのに嫁も持てずにいる。ここは全部あっしの物だから、相談はいらないし、片付ければ、清々してせがれも喜ぶだろうよ」

俺は一本いくらでだいたいの数を見て、総額を告げて、原付自転車に乗った。今日も大安吉日かと思いながら、途中、この村の知り合いの仕事師に数日のうちに伐採搬出を伝えて、「詳しくは後日」と街の経木（きょうぎ）製作所へ寄り商談、一言返事で全部売却決定となった。伐採が終わり次第連絡いたしますとして、多田製材所へちょっと顔出して、今日も良き一日の収穫に感謝した。

翌日堀口家へ支払いに、そしてあのおばあさんの所へ菓子折と代金を届けた。伐採、玉切り、搬出は明日一日で終わる予定、三人手間で決めてある。帰りに街に寄り、経木屋さんにその旨を話した。

「これから運送屋さんに寄って頼んでいきますので、明後日にはこちら様へ納入できると思います」と言うと、経木屋の若大将は、

「搬送は、うちの車で山へ引き取りに行くから、適当に玉切りもしていいですよ。材積の多く出るように、あんたが儲かるようにでいいからね」

と。なんというありがたいお言葉。軟弱な俺の身を労る心遣いに胸が熱くなった。松が授けてくれた幸運は、感謝の一語に尽きる。この後、栗山を買って大失敗もあったが、年の暮れを迎えた。

　年明けに檜の間伐材を多量購入、バタ角で栗山の損害を取り戻した。俺の思案が始まった。このまま続けられるほど俺の力はない。かと言って、地元の木材会社は先行きが心配な状態のご時世だ。材木の道で生きるには、やはり東の中央部で、大きな販売を目標とする改革的営業をしなければ。その企画はできている。しかしそれはどうしてもこの盆地では無理だ。時々家の前に立ち、石山の左肩を指し、東方へ行きたいと、薄い胸板に手を当て願っていた。それには、この親父から離れたい、柵から逃げ出したいという気持ちが充満していたことにも因(よ)るかもしれない。広い社会へ自分を放り出してみるのも乙なものかもしれない。興味が湧いてきた。俺はまだ二十三歳、修業五年と、二年の勤め人と自営の掠め取り。少しは、人の色分けの仕方も感じ取った。

　久し振りに田嶋さんからハガキが来た。また電文のような文面だった。

「来週土曜日五時待つ、斉藤おやじの店、いい話あり」

約束の時間に指定の店、二足の草鞋のおやじの店に行くと、店主と二号さんが愛想よく迎えてくれた。

「いらっしゃい、いつもうちの人がお世話になっております。二階の四畳半で田嶋さんがお待ちしております。どうぞお二階へ」

田嶋さんに床柱の件のお礼を述べた。大分儲けさせてもらいましたと。

一杯飲みながら、不景気の話が始まった。田嶋さんの話によると、最近隣町の大手製材所二社が破綻した。地元の製材業へ淘汰の波が押し寄せてきた。そんな話から、本題へ入った。それは俺自身、直接の問題であった。田嶋さんは俺に銚子を傾けながら言った。

「実は隣村から県の中央のある市の有名な木材会社へ丁稚奉公に行っていた、今は山買い専門の番頭をしてる古山さんが、この間前を通りがかりにうちに立ち寄った。営業の常務が病気持ちのため、営業の担当者が欲しいので探してる。あんたの目に適う人がいたら話してほしいと名刺を置いていった。俺が目に適う者はあんただけだよ、それでどうかなと」

差し出された名刺を見て、住所、会社の規模の想像が付いた。俺が望んでいた将来

を委ねるなら、ここかもしれない。俺の人生最大の決断になるかもしれない。田嶋さんは「今返事を」と言う。なぜかと問うと、

「実は、最適な人物がいる。石橋材木店で五年間住み込み奉公生活した辛抱人ですと言っちゃったのさ。面接だけでも行って、様子見てきたらどうですか」

「せっかくのことですから、そうしてみましょうか」

俺の住所氏名を書き、田嶋さんにメモを渡した。先方から面接に来いとの通達があれば伺うという形を取った。一件落着したような田嶋さんの表情だった。俺もこの日の酒は旨かった。

一週間後、成木(なるき)木材工業株式会社専務取締役・成木聡一(そういち)氏より直々(じきじき)にハガキが来た。内容は、ぜひこちらへ出向き、会いたいとのことだった。俺の将来を占う大切な鍵になるかもしれない。念のため、便箋に履歴書を書き、八月二十二日に伺うことを明記して、投函した。

運命の転職

◆面接

面接の当日、最寄り駅へ向かい、八時四分発の電車に乗った。十七駅先は県内二番目のターミナルだ。乗り換えて、二つ目の駅で下車。ひなびた駅舎と駅前通りは予想外だった。街の真ん中を五街道の一つが走る。盆地の往還と大分違い、車が多い。

成木木材店の敷地に入ると、威厳を保つ歴史を感じる二階建ての母屋があった。間口の広いガラス戸越しに広い土間と一段上がっての板張り床が見え、以前の帳場と分かった。木造の門扉は片開きになっていた。奥行きの長い敷地だ。母屋を過ぎると、倉庫が長く続く。反対側は高い林場があるが、ガラガラだった。その林場の向こうになまこ板（波状トタン）の元倉庫があり、今は自転車置場になっていた。そしてその隣の錆びなまこの屋根に同じトタンの外壁でガラス窓は三方にある、中に人が数人見える、ここが事務所だった。

渋いガラス戸を開けて一歩入り、誰に向かってでもなく、名前と用件を述べた。大柄の処務係の男性が物柔らかな言葉で迎えてくれた。そこへ女子事務員がお茶をどうぞとやってきた。応接間などあるわけもない。丸い小さなテーブルに、不揃いな椅子が数脚、脇に折り重ねてあった。テーブルの天板もそっくり返っていた。処務の男性は工場へ行き、専務に俺の来社を告げに行き、少々お待ちくださいと言った。お茶を飲む。目は机の数で員数を予想しつつ、今ここにいる社員を想像してみる。俺の癖が始まった。

女性事務員二人、処務一人。工場からか、おがくずを身体に付けた人が時々出入りして年上と見える事務員に伝えている様子。すると女性事務員が顧客に電話する……そんな様子だった。俺はこの女性に注目した。背中しか見えないが、体形は分かる。電話での言葉の使い方、応対から、この人は頭脳明晰で、礼儀作法、人柄の良さも申し分ない女性と判断できた。

それにしても、専務は待たせる。その間にもっと観察しよう。もう一人の男性は、出入りの数が多く、俺が待っている間に三回も出入りしている。おそらくこの男性が三代目を継ぐ人物かと思われる。仕事熱心、人品いやしからず、やはり頭脳明晰と見た。それから、驚きは少し遅れたけれど、すべて並んで使用中の机、椅子が中学校の払い下げの物と想像が付いた。それにしても、いつまで待たせるつもりか専務さん。それで俺は分かってきた。専務の腹は、俺を試しているのだと。負けるものか、一日でもここを一歩も動くものかと思った。事務所の時計を見る。これはどこの払い下げものだろうか。その時、十二時五分前だった。

「長く待たせたな。よく今まで辛抱してたね。こんなところで良かったら、うちに来てくれないか。母屋の二階に今、同郷里から二人寝泊まりしてるから。食事は、家族と同じ釜の飯だ。こんな汚いところだが、今、新工場の敷地を探しているので、工場と社宅と寮も造る予定でいる。このままの成木木材じゃないから心配はしないで。あんた石橋材木店で住み込みでよく辛抱したね。その意気でうちで働いてください」

話してみれば筋は通っている方と分かった。俺は決心した、ここへ身を寄せることに。俺は一週間後に入社することになり、その間、身辺整理に勤しんだ。

スーツケース一つで成木木材へ。木に生きる道を選ぶとすれば、ここしかない、二度目の修業をと、自身に言い聞かせた。専務の奥さんに二階の部屋へ案内していただいた。南の窓からは下に街道が目に入った。

隠居の社長夫妻に挨拶をと、奥さんは奥の部屋に案内してくれた。俺が驚いたのは、誰であろう、数年前、石橋材木店で乗用車の後部座席から下り立った時に一目お目にかかった方がそこにいたことだった。人生を磨き上げ、仕上がった男の貌と感じたお方が目の前にいた。神様のご縁に導かれて今俺はここに招かれた、そんな感動を覚えた。

仕事に関しては何の不安も持たなかった。社の主な業務は、県内の市町村の木造の中学校、小学校の新築で、これは請負業として全工程を監理すること。その他、鉄筋コンクリートの集合住宅の造作材。この仕事に追われているのは全社の総指揮を取る常務の成木佳蔵氏。立派な名前だった。

検査材は社でできないものが多々ある。その時は俺の出番であった。深川の木場問屋まで探し求めて歩く。また県内、隣県の一級河川の堤防に打ち込む杭丸太（赤・黒・唐松）の受注も多かった。その際、現場納入で検査があるため、その立会役を務めることが多くなった。一番おもしろかった役目は、深川の木場問屋の番頭の渋い顔を見ることだった。いや、渋い顔を作らせることだった。たとえばこんなことである。

東京に隣接する市の市立小学校新築現場の造作材の検査に立ち合った時、請負会社の現場監督に挨拶した。

「新顔だな」

その一言だけだった。その現場監督の高慢なこと、部下にも鼻先で指令していた。検査も一丁一丁さっと見て、「それ駄目、それも駄目」と。

合格と撥材（はねざい）とが分かれてゆく、撥材は山となる。そこで黙って帰る訳にはいかない。

「監督さん、そのくらいの曲がりは取り付ければ使えませんか。切って使うところもありませんか。そうして使ってやってください。こんなに簡単に捨てられては材木が、かわいそうです。半世紀も育てられて伐られて、多くの人手間を経てこの場でゴミになるとは、涙が出ます」

俺は芝居じゃなかった。監督は俺の顔を見据えていたが、部下に、

「親方を呼んできて」

と指示した。すると初老の職人気質の塊のような大工の棟梁がやってきて撥材を見直し、それを三分の一に減らしていただいた。ありがたかった。ここで俺の人間観察の虫が動き出した。この監督の将来像が見えてきた。この監督、おそらく有名大学理

工学部建築科を出て、入社およそ三年。この人はこの先数年のうち独立するだろう。社長になって状勢次第により、社運を盛り上げるだろうが、下請け業者を泣かせて自分だけ太る情に欠けている人は大成はできない。俺の結論である。

◆暗転

成木木材へ来て三年目に入った。復興への意気込みは不安を忘れさせる。春先のある午後だった。おふくろのすぐ下の妹の旦那が会社へ突然見えた。真っ赤な両目をしていた。一瞬良からぬことを感じた。外へ出て、小声で話す叔父さんの話は、俺にとっては一大異変を思わせる出来事であった。それはおふくろと継父の離縁に関することだった。来るべき時が来た。即、その準備をと、明後日の日曜日、早めに行くと叔父に告げた。それまでに、俺のその日の筋書きをそつなく……と依頼した。

◆選別

当日十時頃に実家に着いた。家に入ると家財道具で部屋の中は暗かった。それを見て俺は決意を固めた。卓袱台を挟んで離別を一言ずつ聞き、諒承を得た。互いの言い訳はなしにした。おふくろは荷物の運搬依頼に農協へ電話を借りに出た。俺の分まで狭い部屋の中、押入れ、俺の、貴重品とは言わないが使っていた愛着の物など玄関口へ運び出し、汗をかいた。

家庭が崩壊した経緯は、俺の百パーセント間違いないであろう推論はこうだ。市街地に、家族ぐるみで付き合いのある八百屋さんがあった。おかみさんは主人が戦死した後、女手一つで店を守ってきたが、市の再開発計画で立ち退くことになった。しかし借家のため、立ち退き料もわずかしか出ない。そこで泣き付かれた父は、同情心から八百屋のおかみの面倒を見ることにし同居を開始したが、結果おふくろが実家へ戻ることになってしまった。これでは、おふくろも心身ともに堪えることはできない、俺の速やかな決断がなかったら、おふくろは、飛び降りるためにあの橋へ行っていただろう。

おふくろの命にかかわる問題はひとまず回避し、安心できた。さて次は一日も早く会社近くに借家を見つけて、おふくろの身柄と家財道具を引き取らないと。おふくろの実家は、広くもない家に五人家族だ。長く迷惑を掛けたくない。

事情は専務に告げておいた。この先のことを考えてみる。俺は若い。世渡りの精神力は養っているつもりではいる。振り出しに戻った生き方をこれからしていかなければ。もう少し強い人間にならなければと眠りの前に思った。細い体は体重を三キロも落とした。

当時は新築の借家やアパートはなかった。知人もほかにはいない。物置きでもいいと思っていた。救いの神はいるものだ。社の請負工事の要である樫山建築の棟梁とは時々話をする間柄だった。棟梁は、市営住宅などの担当をしている俺をよく理解してくれていて、ある時、俺の苦悩を見抜いたのか、

「島田さん、何か心配事があるんですか。少し痩せましたね」

と声を掛けてくれた。この人ならと、俺は一部始終を話した。

「そうでしたか、あなたは成木木材にとっては大切な人だから、わしに思い当たる所があるから、聞いてみましょう」

翌日、樫山さんが綻んだ顔で俺に告げた。

「うちの近所の、大きな綿工場を経営してる母屋の敷地の裏に二軒長屋があって片方が空いてるので、家主さんは喜んで貸してくれるそうです。そして島田さんのお母さんにぜひ綿工場で働いてもらいたいと。夕方でも、わしのところへ来てもらえば一緒

に案内しますので」

一石二鳥のありがたさは身に染みた。大家さんは、家賃だけでいいと言ってくれた。

「来週の日曜日、トラックで引き取りに行く」と母の実家へハガキを出した。それまでは終業後、引っ越す予定の借家の拭き掃除をした。掃除は五年の年季の腕だ。

日曜の朝は青天だった。会社の二トントラックを借り、運転手は河野君に依頼した。朝八時に出発、二時間掛けて母の実家の庭に着いた。荷物はすべて縁側で待っていた。俺は、居候のお世話の礼を述べ、おふくろの弟ご夫婦に頭を下げ、用意してきた菓子折りと礼金を渡した。少ない身上は荷積みも簡単だった。おふくろのすぐ下の妹が駆け付けてくれた。トラックに乗り、荷物運搬の手伝いをしてくれるという。ありがたいことだった。昼飯はこの家の五目飯と味噌汁としゃくし菜の油炒め、すべて旨かった。俺は荷台に一人乗り、荷物を見張っていた。

午後三時半頃、車は引っ越し先に着いた。荷を下ろし、河野君に三日分の日当を支払い、叔母さんは夕方駅まで送った。二軒長屋の隣に住むおばさんも綿工場へ通っている様子だった。夜になってから挨拶に行き、樫山さんには、おふくろと二人でお礼の言葉を述べ、一応この日の役目を終えた。

俺は近くの銭湯へ。顔見知りのおかみさんが番台にいた。素っ裸を見て、「ずい分痩せぽっちなんですね」と言った。

広い土間にコンロを置いて、細かい製材の薪で毎朝飯を炊いた。家賃は会社で特別に出してもらった。この時は専務に感謝した。古い小さな欅の卓袱台は俺が三歳の時から見覚えのあるものだ。

夕食後、一人でコップ一杯の水を見据えていた。俺が今、小さな生き物になってこのコップの中にいたらどうするだろう。あがく、焦る、体力の消耗、そして溺れてしまうだろう。俺の頭にこんな風なことが浮かんできた。

静かに、首だけは出して精神統一して静かに身を沈めていく。足が底に着いた時、気合諸共、底を蹴る。その力で浮上し、飛び出す。こんな妄想描写も、負の精神状態ゆえかもしれない。

数か月後、家裁より書類が届いた。離婚が成立し、俺は元の篠田になった。俺は二十六歳、おふくろは四十六歳。おふくろの顔にも張りが出てきた。狭い家ながらも、柵から逃れた親子は新しい空気を吸える喜びを知った。

そして半年後、朗報を耳にした。市の南の郊外に一戸建ての市営住宅が二十戸完成するという。入居期日は年が明けて四月。入居希望者は条件付き。俺は、自分が入居条件に最も適する者と信じて申し込んだ。

一か月後、申し込み期日になった。応募者多数により抽せんになった。もし姿の見えない力の応援があれば……。不安な胸を押さえてその日を待った。郊外の地区公民館に申込者が集まった。市役所の係員から説明があった。

「クジを引き、入居者二十名をこの場で決定します。申込番号が出たら当たりです。当せん順に一号から二十号まで順に割り振ります。クジを引くのは、こちら役所の人間でなく、この中の一人の方にまとめて引いてもらいます。八百長も何にもない証です。納得できない方は手を挙げてください」

これは手を挙げにくい方法だ。

「クジを引きたい人いますか？」

これも手を挙げにくい。誰も手を挙げるものはいない。係員が、

「手が挙がりませんので、私がお願いした方でよろしいでしょうか。運命をこの人にお任せください」

人の良さそうな顔を見てか、俺の会社の同僚有本君に依頼した。そして、有本君は

見事に自分の番号を引き、四号住宅に入居が決まった。そして十号は俺に引いてくれた。涙が出るほど嬉しかった。入居者の認可書と鍵を手渡された。その足で、我が家となる市営住宅と初対面をしに行った。敷地は約三十坪、建坪約十坪。六畳と四・五畳、トイレ。風呂なしだった。恵方に力を与えられた感じだった。これで落ち着いて仕事に取り組めるようになる。そして俺にも新しい人生が待ち受けていた。近くには農家が見えるだけ、あとは電車が見えていた。

俺は街の桶屋へ行った。思い出した、俺も元桶屋だった。中古の風呂桶（湯舟として使う桶）を購入し、配達してもらった。風呂場はどこですかと聞かれたが、ありませんから裏手の角に置いてくださいと伝えた。野天風呂にするつもりだった。それから大事なことだが、水道が引かれていなかった。道を真ん中にして両端に十戸ずつ住戸があり、二か所ポンプ式の井戸があった。庭には二本の細丸太が埋め込んであり、物干し用に竹竿が二本掛かっていた。随分田舎に来たものだ。

住み着いて半年も経つと二十戸で一つの組合ができ、たまたまの会合で交流を深めることができた。特に隣同士は顔を合わせることが多いから、親しさが増してくる。

俺は自転車通勤をしていたので、市街地へ出るまで砂利道、農道を使う。パンクや空気抜けも多く、帰宅後、よく近場の小さな自転車屋へと足を運んだ。ここの主と懇意になった。俺も年頃のせいか、出雲の神も時々おでましになっていた。おふくろの勧めで四、五回見合いをしてみた。気乗りがしないのもあったが、狭い借家で姑付きでは、最初から気が引ける。

ある日曜日の朝、自転車屋さんがやってきた。

「篠田さん、うちの近所に年頃の娘さんがいるんで、見合いしてみないかい。農家で、長男と次男の間に五人の娘がおり、四人の姉さんは農家へ嫁いでいる。その五人目で、本人は農家へは絶対に嫁がないという決心でいる。そういう娘ですからどうですか」

望みはあるが、家に姑がいることを知ったら、どう変わるか。それでも先方がよいとなったら、見合いさせていただきましょう。俺はそのようなことを伝えた。どういうことになるか、出雲の神におまかせすることにして返事を待った。

三日後の夕方、自転車屋さんが訪ねてきた。その顔を一目見て、話は良好だと分かった。

先方は、当人はもちろん、家族の納得の上とのこと。今週土曜日の七時に自転車屋さんの自宅でお見合いと決まった。俺は特に改まった仕度もなく、普通の外出着で、折り箱一つ提げて伺った。大安吉日だが、どうなるか。

カレンダーに二重丸を付けておいた当日、少し早めに伺った。

見合い相手は、兄嫁に付き添われて、華やかな和服で来た。よろしくお願いしますと義姉は帰っていった。中肉中背の娘さんだった。娘さんは俺の左脇に正座した。俺の正面が橋渡しの顔となる。俺は正面を向いたまま、世間話を持ち掛け続け、娘さんとの会話は避けていた。時々腰部を脇見した。一人っ子で育った俺は兄弟がいなくて淋しかったから、子供の産める嫁さんを希望していた。顔は二の次と、横顔だけの見合いだった。相手はつまんない男だと思ったであろう。それでいい。判断は先方任せ、嫁に来てくれるなら、俺はいいと腹に決めていた。

一日置いて先勝の日、朝俺の出勤前に自転車屋さんがやってきた。

「嫁に貰ってくださるなら、不束な娘ですがよろしくお願いいたしますとの父親の言葉ですが、篠田さんのお心はいかがですか」

「若輩者ですが、大切な娘さんをありがたく末長くお守りさせていただきます」

と、俺のとっておきの言葉だった。十一月に結納の取り交わし、年明けの一月二十三日結婚式と決まった。

郷里から数名ご足労を願い、その日までの準備に取り掛かった。まず、風呂場を造らなければ。俺は会社の林場の隅にある真っ黒くなった古材を頭の中の設計図にあてがい、材料を揃えた。事務所にいた万年どっかりの副社長に「おいくらでしょうか、これで自分で風呂場を作りますので」と言う俺の言葉に、さすがに金は取れないだろう。

日曜日に、前庭の角に、一間・一間半の掘っ立て小屋作りを始めた。柱は長さ十尺の二寸角、根本は焼いて一尺五寸土に埋め込む、これが六本。桁、筋交い、間柱、タルキに貫、これで木材はよしとする。なまこ板を壁全体に。屋根も同じく。あとは釘がいる。金物屋さんに配達してもらい、次の日曜日には完成した。三尺の扉は蝶番にした。裏庭から風呂桶を歩かせて中に据え付けた。建物を揺さぶってみたが、びくともしなかった。これで新婚の嫁を野天風呂に入れずに済んだ。

隣近所でも風呂場を大工さんが作っていた。三寸五分角の柱で、土台は沓石を使っていた。後日のことではあるが、強風雨があった後、数軒の風呂場が倒されていた。俺の作ったものはびくともしなかった。風の通り道をちゃんと空けておいたから。

二月四日、熱海へ新婚旅行へと張り込んだ。駅へ着き、改札を出る。プロは目ざとい。

「新婚旅行ですね、いいお宿ご案内いたします。どうぞお車に」

と、簡単につかまってしまった。三、四分で、中腹にある割烹旅館に案内され、窮屈な感じのする部屋に通された。

「この上に梅林があります」と仲居さん。「開花していますよ」とのことだったので、夕食までは時間がありすぎるし、出掛けた。梅林はどこも同じに見えた。お宮の松を見て海岸を散歩して宿へ戻った。風呂は山の斜面に造られた檜の角風呂だった。

夕食のテーブルには二十数個の小皿に載った海の幸が待っていた。銚子二本を二人で。ところが二人とも料理には箸一つ付けずに、ごちそうさまでした。俺は元々、生もの（魚貝に肉、玉子）を食べなかったが、この嫁さんも同じとは。割烹旅館へ案内したタクシーの運転手さんに責任がある。いや、熱海を選んだ俺が悪かった。

帰りは横浜駅で焼売弁当を食べた。すき腹のせいか、それが新婚旅行で一番のご馳走となった。上野駅で降り、赤札堂の中を一回りしたが、買う物もない。ほかにもない物があるからかも。隣のビルの間に小柄なおばさんが立っていた。耳にはしていたが、占いで有名な、「上野の母」なる人物かも。やはりその人だった。左の掌を出した。上野の母は、俺の指を曲げた小指の根元の線に目を細め、「あなたは結婚に恵まれます」と言った。そして手相をざっと見て、「晩年は良し」と。もう晩年に来てしまった。何か良しとすることがあるのか。

◆小咄一つ

俺が小売部門の開設に向かって、新規開拓に走り回っていた頃、県中央部に、東京に本社を置く業界大手の市売会社が市場を開設した。週一の競り市は大賑わいを見せていた。浜問屋は約二十社が店を構えていた。

俺は大量買い・大量販売をモットーに意気込んでいた。各問屋にも顔が利いた。問屋は大量買いはしてくれるが、単価は厳しい。当たり前のことだと思うが。

ある時、開設記念とか、会社創立何年とか銘打って多額買上者対象の熱海一級ホテル一泊旅行のご招待があった。

バス二台満席。その中に俺もいた。鎌倉を見物し、昼食をとった。満腹で揺られ、居眠りするのもバス旅行の醍醐味だった。二流と思われる旅館に着く。それぞれ部屋の番号を渡された。四人一部屋だ。部屋に入ると、あとの若い三人は皆独身者だった。

俺が年長か。

　宴会の席は芸妓八名のうち、三味線弾きの年かさの芸者が二人。部屋に戻ると、三人も入ってきた。テレビでも見るかな、と思った時、宴席にいた三味線弾きの芸者が入ってきた。

「先ほどはありがとうございました。あたし、後が入っておりませんので一本だけでいいですから、お願いします。若い方ばかりですから、あたしのしわがれた唄より、糸川町の先に割烹料理屋さんが安くて美味しいですから一口どうです？　ご案内いたしますので」

　若い三人が「行こう行こう」と言うので、ついて行くことになった。俺は、いやな予感がした。奥まった所にある高級な造りの料亭風の旅館だった。割烹の看板も目に入る。落ち着いた部屋に通された。値段も高く付きそうな、金持ちでない性なのか心配が胸を打つ。割り勘で何とかなるだろうと俺も一口箸を付けた。三人は、あっと言う間に料理を平らげた。三人は顔を見合せると、

「ごちそうさまでした。お先に失礼して部屋に戻ってますので」

と。予感は的中した。懐の財布が脅えだしたが、足りたのでひとまずほっとして、

独り宿を目指す。部屋に入ると三人は寝っ転がっていた。

三人口を揃えて、「ごちそうさまでした」と。

割り勘じゃあなかったのか。

朝が来た。花代の付けが届いた。これも俺かよ。朝食後は現地解散になることは知らなかった。俺は早く帰ろうと独りで駅へ急いだ。三人はまだ俺を追ってくる。電車賃は各自持ち金で買ったとみえ、何とも言ってこなかった。横浜駅で焼売弁当をと思っていたら、売り子は姿なし。東京駅で立ち食いそばで凌いだ。乗り替えて、県内最大のターミナルで四人共下車した。三人は南の方へローカル線で行くらしい。俺は直線で六駅だからと別れようとした時に、一人が、

「成木さん、申し訳ございません、たくさん散財をお掛けして。自分のここからの切符代が少し足りなくなってしまって。この二人も切符代で所持金がゼロになっちゃったので、百円頂けないでしょうか」

おいおい、俺を成木木材の御曹子と間違えていたのでは。まあいいさと二百円手渡し、別れた。そして、おそらく生涯この三人には再会はないだろう、あれからもう五十年経った。

◆売掛金回収

成木木材に来て、十年ほど経っていた頃だった。出勤を待っていたかのように成木常務が声を掛けてきた。

「篠田君、一つ頼まれてくれないか」

「ハイ、何でしょうか」

「隣県の新建材店に、俺が米栂の長尺の角一梱包売って、十五万円ほどの手形を貰っていたが、支払い期日は先月をジャンプしてと頼まれて、今月の二十日にしたんだが。どうも今月も危ないようなので、今のうちになんとかしようと思うんだが。相手が女性社長なので、俺は苦手なんだよ、君、行ってみてくれないかい」

「ハイ、分かりました。いつですか」

「明日、山林部の吉田が途中の知り合いの店で待っていて案内させるから頼むよ」

もう脳は働き出していた。未経験の仕事であれ、相手の状態は想像できる。心構えは整えた。明日は貴重な人生の体験だ。大きな試練となるが、結果がどうなるか。自分の力を試せることにわくわくして、その日の朝を迎えた。俺は臨時雇いのおじさんを一人乗せ、ダットサンで向かい、吉田さんの案内で十時過ぎに新建材店に着いた。俺の脳味噌は、相手の心緒を読み取っている。山間の郊外、十一月の半ばの寒さに人影は見られなかった。

「これが倉庫です」

案内の吉田さんが車を止め右手を出した。倉庫は大きく、中も見えた。俺の目に止まったのは中段の上に山になっている、バラした種々のベニヤ板だった。何となく、頭の中で計算を弾く。十万円分はある。

事務所に入ると、ストーブが焚かれていた。そこには女性社長と旦那らしき人物がいた。中肉中背の体形に、しゃれた洋装。左手にはダイヤの指輪と金の南京虫時計、首にも金のネックレス。これで分かった。ひょっとすると、偽装倒産？　頷ける。

「今日、社長の代理で来ました篠田です」

俺を紹介した吉田さんは、前橋の山の現場へと去った。お茶を一服すると、女社長が、

「成木さん、今頃来ても、何も持っていくものはないですよ」

ときた。この言葉が仏の俺に揺さぶりを掛けた。よくもしゃあしゃあと言えたもの

だ。そんなこと俺はもう見破っているよと言ってあげたいよ、まったく。

「そうですか。どうしてですか」

「秋田の天井板のメーカーさんが、商品と家財の一部の道具を差し押さえされましたから」

「ああ、そうでしたか。昔は赤紙を貼ったそうですね、国家機関からの書類を見せてください」

社長は旦那に目で指図した。ぶ厚い書類は裁判所からのものに間違いはない。

「社長、ここに記していないものなら頂いてもいいですね。たとえば社長の付けてる、指輪、ネックレス、南京虫に、この事務所の掛時計、このストーブ。事務所続きにある倉庫の中のバラ物、その辺にある履物など、いいですね」

と畳み掛けてみた。

「指輪とネックレスはわたしの母の形見なんです。南京虫時計は旦那の義母から頂いたもので、わたしの命なんです」

役者だなと、おもしろくなってきたのは俺だった。これから勝負してみたくなってきた。

「社長さん、売掛金をまだ頂ける所もあるでしょう。もしありましたら、そちらから頂いて、約手（約束手形）でもかまいませんから」

「あります、一軒残ってます。長野県の小諸に三十万円ばかり、約手なんですが」

社長は、それを明日、小諸まで貰いに行ってきますと言った。その一言で俺は有利な立場になる。

「社長、それ私の車で同行してもいいですよ」

この言葉も相手の懐に飛び込む俺の一手である。

「社長、小諸の約手をこちらへ回してください。差し引いて現金でお渡しいたします。いや、こんなこと俺が勝手に約束したら会社で怒られるでしょうが……。それから社長、もし明日何かの都合で小諸へ行けなかった場合、今ふと自分に浮かんだ案があります。明日を待って明後日、自分が来ます。その時手形を持ってきます。ここなんです、社長。五万円だけ用意しておいてください。社長のそのご器量であれば、必ず用意できます。そして手形と引き替えにして自分は帰ります。この自分の身はどうなると思います？　即首になるか、十万円を給料から天引きになるかも。それは覚悟してます。こうして自分がこの役目でこちらに来まして、社長ご夫妻の心中をお察しいたしますと、自分は犠牲になってもかまいません。どうです、この案は」

「いいですよ」

社長夫妻は声を揃えた。その時社長の頬の緩みを見た。

「社長さん、すみませんが、紙とペンをお借りしたいのですが」

旦那にペンと便箋の綴りを渡してもらった。俺は箇条書きにして約束事を二枚書き、社長の印を押してもらい、一枚は渡した。

二日後、俺は前回のように同乗者を乗せて、ダットサンにシートを積み、早めに現地へ急いだ。寒い朝だったが、俺には快適だった。倉庫の前で車を止め、中にいたおじさんに、中段上の段のベニヤ類を全部積むように指示した。ただし作業は静かに。積み終わったら、シートを被せてがっちりロープを掛けておくように、そして誰が来ても一言も口を利かぬことを強く申し付けた。それから俺は事務所へ。そこには、二人の中年の男性がいた。ストーブは赤々と二人の頬を赤く照らしていた。

「おはようございます」

女社長夫妻の姿はなかった。

「社長さん、いるんですか」

二人に問うた。

「今、奥の部屋で何か用事なさってるようで、もう見えるでしょう」

二人の男性は、債権者と分かった。

「あなたはどちらさんです？」

と、一人の年輩の男性が俺に尋ねた。

「自分は成木木材の者です」

「私は隣県の建材店の問屋の一応社長です。こちらの方は同県内の銘木店の二代目社長さんです」

ここの社長はまだ出てこない。

「成木木材さんはどのくらいあります？」

問屋の社長が、指で丸を作ってみせた。俺は無言で項垂（うなだ）れた。そして、「お宅さん方はどのくらいですか」と返した。

「うちは三百万とちょっとです」

と建材問屋さん、

「うちは二百七、八十万になると思います」

と銘木店の二代目さん。俺の番だ。

「実は、うちもそのくらいなんです」

そこへ夫妻が顔を見せた。社長は、

「昨日主人がこの通り顔に大怪我をしまして、今膏薬を塗り替えていました」

旦那は顔全体が赤黒く腫れ上がっていた。ほかの債権者と思われる人物から暴行を受けたと見えた。俺の推定では、腫れ、痣が消えるまで三か月くらいかかりそうだった。そんなことで小諸には行けずとは、俺には、何はなくとも行こうとする気のないのは一昨日に分かっていた。

頃合いを見て、社長に外へちょっと出てもらい、離れて母屋の裏庭へ。

「社長、手形持ってきました」

と、ジャンパーの内側を見せた。社長は首を縦に小さく首を振った。社長は五万円は用意していなかった。俺の予想通りだった。そろそろ荷積みは完了したかな。

「社長、化粧を直して、五万円作ってきてください。何時間でも待っていますからね」

社長は勝手口から入っていった。俺は事務所へ入り、ストーブで手を温めながら、世の不景気の話をして弱音を吐いていた。ちょっとトイレをと外へ出て、積荷完了を確認した。約一時間待った。事務所の外に社長の影を見たので俺は出た。裏庭へ行くと、五万円作ってきたとズボンのポケットへ手を入れた。その時、事務所から二人の男性が血相を変えてすっ飛んで来た。

「成木さん、酷(ひど)いじゃありませんか、たった十五万円で、車にあんなにベニヤ積んでるじゃありませんか、それにお金を五万円もですって？　今、旦那にも聞きました。うちは三百万あって」

俺はあと何秒かで済んだものを……と思った。とんだ邪魔が入ったものだ。こうなったら、俺は開き直るしかない。

「お二人さん、申し上げますが、自分は、一昨日来て、社長とこのような約束をしています」

と箇条書きを見せた。

「言っておきますが、このような場合は、先手勝ちなんです。仮にあなた方がこの自分の立場であったら、今、この場をどうしますか。……まだ、何か文句がありますか？　ないようでしたら引っ込んでください」

二人はあたふたと一言もなく消えた。それからは独断専行となった。五万円は俺の手に入った。手形は社長に渡したが、俺はこれで済ませなかった。積んだベニヤ類は正確な金額のものではないから十万円あることにはならない。

「これではまだ足りない。事務所へ入り、続きの倉庫内で売れ残りの家具類の部品、景品の小箱、炬燵の天板などを頂きます。机の下に月桂冠の一升瓶が目に入ったので、これも頂いていきます。それでは、失礼いたします」

俺の役目がすべて終わったと事務所を出る。そこにいたのは社長と、姑らしき老女。社長が突然大泣きし出した。姑が、

「あんた、取り立て屋のプロかい。嫁をいじめてこんなに泣かせて、あんたは鬼だ」

と言ったが、鬼にさせたのは、この嫁さんだよ。

「今頃来ても何も持っていくものもないよ」

俺はこの場は黙って二人に頭を下げて去った。

会社の門に入ると終業のベルが鳴り出した。専務、常務も顔を揃えていた。予定通りというか、俺の描いた構想通りの仕上げを報告した。常務は従業員に声を掛け、引き上げてきた物をセリに掛け売っていた。酒は、専務が「俺が飲む」と持って行った。

別に俺がもらおうなんて気持ちはなかったが。俺にとっては、大きな貴重な体験をさせていただいた。常務に感謝する。

小売部門開設を常務が試案に描き出したきっかけは、俺がこんなことを言ったのが始まりだったと思う。

「常務。問屋、市場で売れ残りの処分材などあったら、処分値で購入してださい。量は多いほどいいと思います。自分が、大工、工務店を探しながら捌いてみます」

半月後、都内大手市場から米栂三メートル、四インチ角六十六本の梱包を十二、三台のトラックで入荷した。日焼けしたものと、少し曲がり材も見える。値段は、新材の三分の一で売れる。よし動いてみようと、大工さんの作業場、工務店の看板など探しながら地元隣町へ足を伸ばし、一日で完売した。そしてなお事業拡張に励むことになった。

◆部門開設本格化

成木木材は、旧工場の跡地約千坪に二階建ての事務所を建設することになった。一階は事務所、奥続き室に応接間、二階は会議室で普段は卓球台を据えておく。事務所の設計施工は樫山工務店だった。完成、部門開設は五月吉日とすることを、常務が朝礼で全従業員に公言した。

俺はここで閃いたことがある。多量仕入、多量販売、薄利多売をモットーに、月一回、日曜日を使い、展示即売会をしよう。当日来場者には、昼食（飲み物も用意）と肝に銘じた。そして、近々ここで試験的にやってみようと決めた。都内で大型競り市場会社を選び、ここから交通上の道程にある足立区の市場へ出向いた。

週一回火曜日が市日に決まっていた。ここから車でおよそ二時間は掛かる。午後一時競り開始。浜問屋は二十社ぐらいと見た。若い競り声は威勢がいい。初顔の俺には誰も声を掛けてこない。競り落とす声の張り、力が入るのが分かる。真剣な顔付き、百人余りの小売り業者の集まりだ。俺は一声も出さず、大量出品材で残り、全然売れない材に注目していた。問屋の社名を記憶した。数社は外材専門の社名も覚えた。一時間が過ぎた頃には、競り声も落とす声にも、疲れが見えてきた。そろそろ俺の出番がやってくるのでは。そんな時、丸顔でふくよかな身体でベテランの競りをしていた俺より四、五歳上かと思われる人が声を掛けてきた。

「あんた、初めて見る顔だけど、どちらさんです？」

と、俺の帽子の番号を見た。初めて声を掛けてくれたこの男性とは、よき相談相手として、丁々発止と長くやることになる。名刺には「株式会社寺田商店常務丸山某」とある。俺は勝負してみようと思った。初顔でも、成木木材の堅実経営と俺の太っ腹を見せておこうと、手ぐすね引いて待っていた。俺の手練の見せどころとなるか。俺はこの男を信じて、この日初めてこの市場に選びにきたこと、そしてこれからの新事業、俺の案による営業方針を伝えた。そして、初即売会の全材木を購入するつもりであることを伝えた。初回が大事なことを強く言い含めた。値段によっては大量に買いますよと言うと、丸山氏は、乗ってきた。

「うちも、この市場では多額販売しております。大いに協力しますので、今後共よろしく」

寺田商店の在庫を一通り見て、俺の納得する数量・単価で購入。檜の柱、土台の産地、それ専門の問屋を丸山氏はここへ呼び、紹介してくれた。俺の狙いは、売れずに困ってる問屋はいないか、売れずに客を待っている木材はないか。俺が助けてあげようとしていることをアピールする。成木木材の篠田をこの市場全体に売り込む、これも作戦の一つだ。丸山氏に俺の人柄の宣伝を売り込んで、市場を後にした。

翌日、四トン車五台が入荷。最初の二台は早く帰り、今日もう一回運ぶという。次の日は残り七台、合わせて十四台を林場に立てたが、まだ半分にも満たない。来週も競り市に出向き、そしてやはり十四台。外注して、四国の檜の通し柱、土台、羽柄等十一トン一台と九州から米松の梁、桁材十一トン車一台は直送を取り付けた。

展示即売会当日は快晴で、客の足の運びも良好だった。伝票を二人の女性事務員のはじく算盤の音も軽快だった。

三時頃には終了した。気になるのは総売上だ。この日は俺の期待を上回る八百万を超えていた。その数字は、当時の社の一か月の売上に等しかった。よしこれからも、と、この方法で月一回開催とし、サービスも伴う販売を始めた。時には住器（住宅設備機器）建材のメーカーも出店、そしてクジ引きをして賞品を出すなどしながら、約二十年間、楽しく継続していった。

最初の試みが成功したことにより、自信が湧いた。だが、それが高じて、過信から社会から転げ落ちた知人も見ている。それも教訓として活かすことを腹に言い聞かせた。剛胆と慎重、繊細な神経、自身には厳しさを常に、スイッチオンのまま続けてみよう。心意気は決した。

年が明けて五月中頃、大安吉日に第二事業部が発足。パーティーだけのオープンだった。二代目社長の挨拶で始まり、模擬店の品切れで閉会とした。模擬店のやきとり、やきそば、寿司はたちまち空となった。この日の早朝、俺は顧客として今日の日を待っておられた工務店の社長の急死の報にお悔やみに行ってきたのだった。数日前、常務より、

「第二事業部は君に任せる。女子事務員二人、運転手、助手、年輩の作業員、新入りの営業要員、篠田君の好きな者を連れていってくれ。それから、仕入、販売、顧客に対するサービス、すべて俺は口を出さない。金は出す。それで頼む。ところで篠田君、最初の一年は、一億五千万ぐらいやってもらいたいんだが」

俺は即答えた。

「常務、そんなもんでいいんですか？　二億五千万はいけますよ」

俺にも良く分からないのだが、反応で口走ったようだ。……結果は、四月決算は二億五千四百万円だった。

こんなこともあった。第二事業部が二年目に入った夏の夕方、早目に帰宅した常務は、事務所にいた俺と営業の二人に声を掛けた。

「ちょっと家に寄ってくれ」との言葉だったので、何かお叱りかと思ったが、座敷のテーブルへ呼ばれた。

常務は冷蔵庫からウイスキーの瓶を出してきた。茶ダンスを開け、大きなグラス一つと小さいグラス二つをテーブルに置き、「まあ一杯」と二つに少し注ぎ、大きいグラスには八分目注いだ。俺はちょっと舐めてみた。常務はぐいと大口に飲む。相当ウイスキーに馴れた飲み方だ。これは数年前の商社による北米、カナダと見学旅行の効能かと。

「やあー、第二事業部よくやってくれたよ。これからも頼むよ」

俺は日本酒が好きだけど、一口、一口と、舐めるようにして一杯空にした。常務はまた注いでくれたが、ほんの少しだった。自分のグラスには二杯目をどかどかと。すきっ腹には酔いが早い。酔って出た口ではないが、ご馳走になったお礼でつい口走った。

「常務、来年は無理ですが、再来年は五億やりますよ」

常務の顔が変わったように見えた。あっけに取られたのか無言であったが、腹の中では、(何を言ってるんだこの奴め)だろう。結果をこの場で言うと、二年後は五億四千万円の数字を見たのだった。何てことはない、高度成長は続くと俺は見透かしていただけだ。

◆深川木場から夢の島へ移転

深川木場は江戸時代から続いた木場問屋の集まる街だったが、何年後かには木場そのものが移転することになり、ぼつぼつと移転の準備が始まった。俺には好都合だった。木場の問屋にも我が第二事業部の名は知れていた。その証に、銘木床柱槐専門の製作会社の職人社長が現物を積んだトラックで俺の事務所へ来た。

移転するには莫大な費用が掛かる。ご時世により、和室が減ってきている。高級な槐の床柱などを使う母屋は地方の農家の金持ちか、老人の旦那の好みであれば使用するぐらいだから、この社長は今のうちに在庫を整理して廃業するという。

「木場から材木店と銘木店を探しながら引き売りしてきました。残り八本、安くしますのでお願いします」と言われた。特売用として値踏みしようと現物を見る。本物の槐だ。造りは前洗いで白太と赤味の区分的彫り上げを見たが、あまりいいのがない。俺は渋い顔を見せた。残りを見て「これはいいお屋敷には向かないから」と言うと、

「何とか助けると思って空にして木場へ帰りたいんです」と社長の泣き顔。これでまた、三割安くなったなと、俺は購入を決めた。半値の二割引きで買い取った。

俺はいじめはしない主義だが、仕事上、抜きはある。その後、その社長は、「これは最後の在庫です。いくらでもいいですから引き取ってもらえませんか」と、花梨(かりん)のテーブルを五台積んでダットサンでやってきた。これには、やさしく対応した。それからも次々と木場内の問屋の営業が来る。銘木の有名店からは、「バス代は持ちますから顧客さんを集めて在庫の処分をお願いします」という話もあった。

ある外材の板類専門業者の営業マンは、造作材用に挽いたアラスカ材の中間材が山とたまって困っているので、来て、見てほしいということだった。俺は興味が涌いた。木場内でなく、行徳の原っぱに野積みしてあるという。俺は往復の運転は疲労が心配になった。すると営業マンが言った。

「私はこれで帰りますから、同乗していただけませんか。そのまま置場へ回り、現物をよく見てください。帰りは上野駅までお送りいたしますので、どうでしょうか」

時計を見ると二時、明るいうちに見られる時間はありそうだと、その気になり、同乗した。現地に着くと、原っぱに野積みの山が六か所。この山は増えるばっかりで買い手が付かずと言う。値段を聞くと、希望価格は俺の腹よりかなり遠すぎる。とりあえずここの在庫は一掃して、これからも中間材はできるから、これからできるものも全部買うことにして、この在庫は半額とし、これからできるものを二割高で引き取りますということで決着を付けた。

帰りにその業者の本社へ寄り、社長に会った。まだ若い。五十前だそうだ。お茶を一杯、女性事務員さんもベテランの風格がある。そして、内ドアが開き、白のお召し物を着込んだ女性が入ってきた。俺はこの時、鳥肌が立った。生まれて初めてのことだった。それだけの美女だった。素人の女性ではないことは俺にも分かった。この方が社長の奥さんであり、俺に丁寧な挨拶をした。そしてすぐにその場を去った。暗くならないうちにと上野駅へ送ってもらった。途中の車中で営業マンに聞いたところ、あの奥さんは、元新橋芸妓のナンバーワンだった。二代目は二度、三度と通ううち、恋の虜になりましたという訳で、父親に高額な身受け金を申し受けて、今があるという。

俺に鳥肌を立たせた女性であったが、俺から見えた潜在的な本質は、男を喰う女。そうとしか映らなかった。後日の話であるが、二代目は五十歳半ばで病死し、そして会社も倒産となった。そして、奥さんは、スナックかバーの女将として貞節に日々を送っていると聞いた。

不況の時こそ絶好のチャンスだ。救い主となる自負さえ感じる。競りの開始でその日状況は感知できる。買い手が付かず、競り下げても声もなし。俺の出番は競り終了後である。向こうから飛び込んでくる問屋を待つ。一人、二人三人と近づいてきた。一番悲壮な顔の者から相手にする。今日の売上は厳しそうだ。今にも問屋を閉じそうな気配がした。俺は買う意欲を見せながら相手を焦らす。こんな時、仕事の快感もある。「林場にある在庫一掃を」との声を、俺は待っていた。

「全部片付けましょう。値段は俺に任せてくれるかね。仕方ないからでは、俺がいじめているようになるな」

「はっすみません、どうぞお買い上げください」

それでよし。林場の在庫は何十種、等級も十数級ある。目を一周させるのに数秒、もう値段は決まっていた。簡単な俺の計算法だ。それは俺だけの企業秘密だ。今日はここに来た三問屋の買い取りで十二分だった。この状態は来週も続きそうだ。続けて市場に足を運ぶことにした。

結局は四週続けて、浜問屋四社の廃業の手助けを俺がしたことになった。不況の中ででも月一回の即売会は実行していった。俺はアイデアと目玉の材、サービスなどを書いたチラシを作り、コピーすること五十枚ほど。即売の三日前の終業後に、二十キロ四方の顧客回りを二十年近くにわたり実行してきた。そして、新しい顧客さんには「薄利多売」をアピールし、「お支払いはいつでもいいですから」と一言添えることを通した。

商いを大きく伸ばすにはリスクは付き物だ。約手取り引きも増さなければ、人柄と経済の動きに左右される。この点を見極めが肝心だ。その点俺は自信がある。三歳からの人間観察の趣味と、五年の年季奉公が活かされる。

県内の同業者にも、あちこち俺と同じような売り方をしていると耳に入ってくる。世の競走激化は覚悟の上である。第二事業部の名は関東の業界にも知られるようになり、東京都内の大手小売店、横浜、千葉などの大手六社の関東スーパー協会といった大袈裟な仲間に入れられていた。

成木木材の専務は、二代目社長となって二年後の昭和五十年、七十歳を待たずに急逝し、三代目佳蔵氏が社長となった。告別式に社員代表の弔詞を、新社長は俺にお願いしたいという。なぜ先輩も大勢いて、有識者もいるのに、俺は葬儀に関して知識もなしの無学の俺が。処務の大熊さんは、「これに書いて、明後日だから。文も篠田さんが考えて、頼む」と言われて、これは大仕事だ。俺は仕事を離れて、ひとまず自宅に戻った。浅学非才な俺にできるだろうか。二階に上がり、辞書を取り出した。半紙に硯箱、下書きしてみなくては。しかし文句が浮かんでこない。そうだ、会社の大黒柱を突然失った社員としての悲しみ、新社長との対応、そして社員総力で新社長を助け、会社を盛り上げていく決意を誓おう。俺は墨を擦り始めた。二代目社長の姿を思い浮かべながら、心を込めて認めた。

菩提寺の境内に弔問客は五百を超えていた。亡き社長に向けて、悲哀を込めた声で役を果たした。翌日新社長から声を掛けていただいた。

「篠田君、昨日の弔辞は良かったと、皆さんが言ってたよ」

俺はまた一つ成木常務、いや、成木佳蔵社長に人生の糧を頂いたと思った。

それから、顧客に対する日頃の感謝をと、北海道二泊三日の招待旅行を企画した。日時、費用も決めてから社長に報告するのは、俺は以前からのことだったが、社長には「口は出さない、金は出す」の約束を二十数年間、俺が退職するまで守っていただいた。今でも頭が下がる思いだ。

この社長にだけは、絶対恥になるようなことだけはしてはならないと自身に鞭を打った。恒例となった特売日の前の夕方、様子を聞きに来る社長のお決まりの文句は、

「篠田君、明日はどのくらい売上があるかな？」

であった。俺が即、口に出すのはずばりの額だった。今の経済事情、顧客の受注状態を見て、考えてある数字を「こうですから、明日は二千万円はいけるでしょう。多い時の記憶では明日は三千五百はできます」と。ずばり、これが当たるのだ。過去において外れたことは一度もなかった。細い目に小さな頭でも、常に前を向いて風に当たり、耳を傾けていれば、プラスに事は運ぶものかとも思う。

売上の数字の予測だけではない。市議選挙投票日前日の夜には、社長宅の町内候補者の得票数を聞く電話が掛かってくる。俺は即数字が口に出る。頭の中にも、腹の中にもなかった数字が口から飛び出す、これには社長と俺の間しか作動しない見えない線があるのかもしれない、予想と得票の差はいつも十票以内であった。

◆単独交渉

少しさかのぼって、昭和四十八年のことである。その二年前に成木常務に五億の売上を口走った時は、好調の年の十月だった。社に対する賞与交渉の最適な年と考慮し、先輩数人に声を掛けた。皆その気持ちは満々とあるが、交渉に当たる気力はすでに失われていた。どうせ一蹴されて終わりだろうと、戦意なし。誰か一人でも俺と一緒にと言っても、なし。それなら俺一人でと、まず佳蔵常務に、会社に対して私のお話を申し上げたいのでと申し入れた。

「よし分かった。今週の土曜日終業後、応接間で役員四人を揃えます」

四対一の交渉だが、すでに脳裏には筋書きはできていた。大きな壁に対して何にも圧力は感じなかった。金のことは一言もなしで、俺は佳蔵常務一人を対象に問い掛けていた。俺の交渉は二十分で終わった。十二月三十日、年一回の餅代は二袋となり、世間並みに近い賞与と名が付いた。俺の交渉は功を成したことになる。

年が明け、常務との余暇の時、「あの時篠田君の言葉には、俺は二晩眠れなかったよ」と。そんな強烈なこと言った覚えはないはずなのに。

◆媒酌人

図らずも、顧客の会社の御曹子の媒酌人を俺が仰せ付かった。都内の有名式場で、百七十名の上場企業の役員さま、各銀行の支店長さま、市議会議長さま方が臨席され、両家の清栄の表徴を知る。成木社長は一番の丸テーブルに。今日の主賓の挨拶者でもあった。

俺は多少の緊張は感じていたが、失敗はできない、成木社長に恥をかかせるようなことはできない。だから一つ手を打っておいた。司会者に、「俺はただの新郎の工務店の営業担当者である」として紹介してもらった。主賓の成木社長には俺の職制を述べ、補っていただいた。媒酌人として、見事に役目を務めることができた。

◆秋田への展示即売旅行

「秋田県能代、大舘の和室天井板製造会社の工場見学及び男鹿半島一泊、そして天井板『展示即売会』のご招待」との文案を持ってきたのは、県内にある米材（べいざい）（アメリカ産の材木）と銘木と天井板の問屋の番頭さんだった。現在の売れ行きの低迷の打開策をと考えた苦境の案のようだった。

顧客の中から受注の多い顔ぶれを二十名ぐらいなら話に乗れるだろう。ただ、この経費は誰が持つのか。成木木材としては一円も出せないよと念を押した。売上には全力を尽くす。こんなことでよかったら客は集めよう。日時を決めたら知らせてくれと伝えた。そして俺は動く。

数日後、先方の製造会社から礼言と、準備を開始するとの通達ありとなり、この件に付き受諾した。後は客集めの責任は俺になる。集まるかどうかの不安はないのが俺なんだと自負した。

経費節減のためか、往復夜行列車の旅となった。俺は二十名をと思って走ったが、十六名様の参加を得た。十月中旬、県中央の最大ターミナルへ集合した。欠員なし。俺は自分の枕と家でしか眠れない人間だから、寝台車で眠れるはずはない。三日間の辛抱だ。

能代で天井板の工場を見学した。中年の女性が多く、二十数名が働いていた。この道のベテランと見えて身体の動きが機敏だ。秋田美人はというと、神様がどこかへお隠しになられたようだった。昼食は名物きりたんぽに舌鼓を打った。

そしてバスは男鹿半島へ。ひなびた旅館が待っていた。観光地はどこか見当たらなかった。旅館の番頭に当たってみると、入道崎灯台がありますとのこと。夕食まで時間がある。俺はバスを帰していたので、旅館のマイクロバスで送ってくれと頼んだ。

十六人のうち四人は疲れたからと、十二人と俺は入道崎へ向かった。曇天の日本海は波が高かった。風も強く当たる。灯台はまだ先だ。車を止め、全員下りてはみたが、目の前は荒波だけ、風が当たるだけ。海岸辺りに小屋が目に入った。誰かいないかと、近づくと漁船があった。小屋の中に一人の老人がいた。海の男の逞しい顔が老練を表わしていた。

「おじさん、この船、観光客乗せるのかい?」

「そうだよ、ちゃんと許可を貰ってあるよ、そこの壁に額が吊してあるだろ、釣り船もやったりね」

「でも、この荒波じゃあ、おじさんの腕でも遊覧は無理だろうね」

俺はどんな反応を示すかなと、そんな言葉がつい口から出た。老人の顔が少し引きつった。

「あんた、わしゃこの道五十年。このくらいの荒波どうってことないよ、試しに乗ってみるかね」

と反発を受けた。

「おじさん、俺はいいけど、十二人の顧客さんがいるので聞いてきます」

と言いその場を去り、皆さんに、

「せっかく来た観光地で何もなかったではと思い、今交渉したら船を動かすそうです。皆さん乗りましょう」

船底はガラス張りになっていた。いろいろな魚が見られるそうですよ、荒波の遊覧船、いい記念になりますよと言うと、全員乗った。エンジン音も高々と、ローからトップへ。荒波の中へ入ったが船底に魚は一尾もいない。ガツン、ゴツンと、まるで河原を車で走っているような衝撃を受ける。横揺れが激しい。女性の悲鳴が上がる。女性の顔色が変わっていた。約十五分、もうたくさんだ、俺もそう思った。男性も喜んでいる風はなかった。下船後、一人の女性は嘔吐していた。支払いの時、老人は、俺の腕はどんなもんだと自慢するのかと思いきや、

「本当は、こんな時に乗船するお客さんは今までおりません。あんたには感服しました、本日の乗船ありがとうございました」

と言って、千円引いてくれた。海岸辺りに女性二人が目に付いた。何か売っている

のかと近づいてみた。アオサという海藻だそうだ。こんな日にこんな所で商いを……少し安くしてもらい、顧客の土産にと俺は全部買った。

夕食は宴会で、数人のコンパニオンは中年の漁師のかみさんだった。そして宴会後は客を連れて各自営むスナックバーへ向かったらしかった。

翌日は大館へ。天井板も種々豪華な物もある。俺は顧客の味方をし、値引きを手伝った。今日の利益は顧客に与えたい、そんな思いがあったのかも。今日の顧客に一人大物がいる。この社長に、今日の売上の三分の一を見込んでいた。総額五百万円を俺の算盤は弾いていた。結果、売上総額は五百二十万円だった。

◆徳島県の唐木銘木製造業の展示即売会

県内中央部に店を構える銘木店は、俺の十年越しの取引先である。担当の小久保さんが話を持ってきたのは、不況の小波が寄せてきた頃だった。

「うちの仕入れ先から世迷言を聞かされ、力を貸してくださいと頼まれまして、私の縋るのは成木木材さんきりおりませんで、何とか方法がありましたら助けてやってくださいませんか」

「そんなこと、あんたが考えて助けてやったらどうです？」

と、俺は言い放った。……小久保さんの顔を見た。自信なさそうだ。そこで俺のペースに引き込む。

「俺の案は一つある。場所はどこですか。徳島市ですか。成木木材単独の客層でやるんだったら、本格的に腰を据えて大仕掛けになるが、先方が少しの赤字を覚悟できたら、始めましょう。返事を待つ。小久保さん、展示即売会をさせることを忘れず伝えてくださいよ」

これだけ俺が述べれば、先方は乗ってくるはずと、返事を待った。三日後、小久保さんから電話で、「先方はありがたく、承りましたとのことでした」と連絡があった。次月中旬をめどに、こちらの準備を済ませなくては。俺は即取り掛かることにした。

「徳島観光旅行　一泊唐木銘木展示会御招待セール」と銘を打った。会社を赤字にはできないから、セット販売で経費は埋めておこうと、木材と住器のセット額二十一万円を二種作り、大手の取引先を回った。旅行好きの社長もいる。三日目には無事二十セット約束となり、小久保さんに伝えた。あとは旅行会社との交渉が控えているだけだ。日時が決まったところで俺はいつも通り、社長に詳しく説明・報告し、了解を得た。ここで小久保さんへ「費用は三社持ち」と念を押した。

当日、朝五時当社出発、八人乗りワゴン車三台を前もってセット販売の時に三人の社長に特に頼んでおいた。二十名欠員なしで出発した。成木木材から俺と、営業員の若い一人を加えた。県境で公衆トイレに寄った。この時間十分足らずだった。ところが羽田空港を目の前にして大渋滞に。航空機は待ってはくれなかった。次の岡山行きは午後一時過ぎだそうだ。岡山空港ではバスが待っている。讃岐の金毘羅参りは中止となった。二十名の客は聖人君子ばかりではなかった。社長の代わりにお出での方もいる。現場監督の方もいる。

荒い言葉が飛び出してきた。俺に当たってきたのだ。一人だったのが三人、五人となった。飯を出せ、一杯飲ませろときた。俺は全員に朝食をと食堂へ連れていき、ビールを出し、口を塞いだ。ここで、四万五千円の出費となった。想定外だった。食堂を出ても人間の正体は現れるものだ、酔って尚更悪口になる。始末に負えないありさまだった。岡山空港は山の上だった。

バスの運転手は待ちくたびれていた。長い橋を渡り、途中小島の集落に下り昼食をとった。金毘羅参りができないと悪口を垂れる、まだ止まない五人組。徳島市の旅館には六時の宴会としてある。小久保さんに相当遅れることを伝えさせた。高松へ入った時は真っ暗だった。真っ暗闇の観光だった。旅館には午後九時到着、三十分後に宴会夕食とした。ここで俺は一つ手を打った。あの五人を一部屋にと変えたのだ。そして自腹の一万円札を手にその部屋に行き、五人がいる前で両手を付き、頭を下げ、本日の不行届きの点をお許しください、これでお収めくださいと札を出し、部屋を出た。夕食の席は、普通の状態で終わった。勝負は明日、見ておれと布団に入った。

朝九時半にバスが来る。郊外の銘木店へは約十五分で着いた。広い構内には大きな倉庫が左右に二棟あった。正面は事務所と応接間らしい。住居はと見回すと、構内には見当たらなかった。事務所の前に男女合わせて七、八名が見えた。恰幅のいい男性が笑顔で近づいてきた。その方に小久保さんは俺を紹介した。唐木の盤木から半製品が何か所も重ねてある。製品にするまでは数年以上寝かせておくのが常識とされる。

「山木屋銘木製作所」と、大きな天然杢板の看板が目を引いた。

全員が倉庫の中に入ると、机と椅子が用意されていた。お茶を一服いただき、反対側の倉庫にある展示場へ案内された。その前に山木屋の社長は「展示会が終わりましたら昼食の用意をしてございます、徳島の海の幸をたくさん召し上がってください」

と告げた。後の言葉は、腹の中では（たくさんのお買上を……）と言っていた。

「社長、どこからでもいいですから始めてください」

「自分は社長とはいえ、職人なんです。声を掛けて売ることなど経験もありません。はずかしながらできません、これは小久保さんにも話してあります。篠田さんに一切お任せいたしますのでお願いします」

「そうですか。俺に任せていいんですね」

今日、お客さんは選んでセールを二十一万円買っていただいているわけだ。床柱も先月の特売の時に買っていただいた客もいる。今日は展示会だけのこと、見るだけでいいわけだと言っている客の腹の中も見えるようだ。よし、材料でない物から……と見回すと、花梨の天然丸テーブルが十三台あった。

「皆さん、こちらのテーブル、直径一メートル以上ありますね、皆さんは高価な値はご存じですね。一台、六万から八万円もしています。これ、自分が一言値段を言います。欲しい方は、現物に手を置いてください。はい一台……三万円でどうぞ」

するとお客さんが一斉に走り寄り、一挙に完売となった。俺は同時に山木屋社長の顔色を見た。俺に任せるとこういう風になるんだよ。次の俺の奥の手は、今日の一番の大手の社長夫妻がいるので、この方を引き出すことだった。まず奥様の依頼の品、総桐箪笥（二つで一双と呼ぶらしい）、総額二百万円は製作者の希望額、この人、いやこの現物が文部大臣賞を頂いた本物の印である銘も入っていた。そして旦那には黒檀、紫檀、鉄刀木の世界三大銘木の床柱三本五十万でお買上げ。伝票が切られると、いくらか周りの顧客の心が揺らいできた、そこを見透かして、買い気をそそる。すると、あちらこちらに伝票が揺れる。

ここで山木屋の社長夫人から自家製のフルーツを使った飲み物が配られた。皆おいしそうに一気に飲み干した。数分後、変化が表れてきた。顔に綻びが見えてきたのだ。後で分かったことだが、あの飲み物は梅酒とリンゴジュースをブレンドしたものだった。これが功を奏し、買い気が増したと見えた。俺は、時計を見た。そろそろかな。一回り売却の伝票を見て、ざっと暗算でいいかなと判断した。腹も空いてきているし。

小久保さんに近づき、結果はと聞いてみたところ、「相当額いけたんじゃあないですか」とのこと。

皆さんもお疲れのようだし、山木屋社長に小久保さんから終了の伝えを。山木屋社長から全員にごくろうさまでした。ありがとうございましたと礼の言葉で、展示会場を後にした。倉庫内での昼食は、美味以外の何物でもなかった。

空港へ行く前に観光をとまず阿波の鳴戸の海峡へ。観潮船で渦潮の激しさを目の当たりにした。身を引き込まれる恐怖が、竹ちくわの香ばしい匂いが観光客の財布を誘い出す。俺の責務は果たした。その後、藍染め工場を見学して空港へ。飛行機に乗る。安堵の眠気がやってきて、ふと頭に浮かんだ、徳島の男性は優しいな。家の三人の娘もこういう男性と縁があったらなあ……。明日の山木屋さんからの数字が楽しみだ。

翌日の午後、小久保さんから明るい声で報告があった。売上は八百五十万円とのこと。これは大成功の数字だが、山木屋さんは赤字だそうだ。そのため、こちらへの利潤パーセントを大幅に下げてくださいとのこと。いいですよと俺の腹は納得した。こうなることは予測してセットセールを織り込んでいたから。

◆宝石同行販売

バブルが弾け経済は一変した。この時期の大手商社の狙いは、宝石の同行販売だった。店頭から、地方の企業、商店と連携し販路を保つ。そして拡大を図る。すべての商店の幹部に成木社長の友人がいたため、来社を受けて我が社も宝石販売を実施することになった。いち早くこの話を受けた俺は、三秒で販売の手順の映像を思い描いていた。

数日後、その商社の宝石担当課長と部下の二人が来て、終業後本社の三階の会議室で説明会が実施された。本社事務方から数人と、第二事業部は俺一人が出席した。課長の名刺を貰って、ただの若さだけを感じ取った。

「御社では四部門ございますそうで、顧客も数百とお聞きしました。弊社から三名の営業員が十日間、毎日一億円の現物の入った鞄を持って隣市のホテルから通います。御社の総売上額は二千万はいけると思います」

ここで、俺が口を挟んだ。

「そんなもんじゃあないぜ、四千万はやれるよ。説明はもうやめて、朝九時、三人で会社へ現物を持ってきてくれ。こちらでは三人の同行者を決めておく、それでいいでしょう。はい、解散」

営業では一日平均六軒を回ると言っていた。俺は頭の中で、すでに初日の顧客ご夫婦の顔を映していた。四千万円を達成の手順はできていた。まず初日、この俺が大成果を見せること。そして四部署の競争心を煽る。そうすれば役員たちにも火が付くだろう。相当おもしろくなってきそうだ。

俺は一日八軒を想定していた。一軒立ち寄り成立。次に電話で在宅を確かめてから行く。四軒目には売上は四百万を超えていた。あと二軒、三軒寄ることもできるか。終業時間の五時十分までに本日の成果報告をしたい。これで他部署に火が付くことは想定内だ。七軒目にして総額六百万円を超えた報告をした。それから十日間、事務所の女子員まで、友達、親戚回りと会社全体で熱を盛り上げた。十日間の総売上は四千五百万円を超えていた。ちなみに俺は千五百万円だった。

同行販売の後日談になるが、一か月後、商社からオーストラリア旅行の招待状が届いた（十万円相当）。会社はぜひ俺にと向けてくれた。しかしその瞬間に浮かんだのは、ある顧客の顔だった。市内大手の工務店の社長の旅行好きは周知のところであったが、その社長が県庁所在地に豪邸の契約を結んだとの情報を聞いていた。この招待状は社長に差し上げよう。ただし、今月末に新宿の高層ビル内で大手の住器建材メーカーの展示会がある。ここにどうしてもお連れしたい。そうすれば五百万円はいけると。これが俺の商魂かもしれない。

主催は二次商社の取引先の東合交易で、サービス満点だった。品川から屋形船に乗って夜景を見ながら食事、池袋のホテルで一泊。この展示即売会ではメーカーの新商品に力を入れて説明していた。豪州旅行の招待状を背中に付けたあの方の買いっぷりに俺の弁舌にも力が入った。あの招待状のおかげで、木材を入れて総額五百万を超えるお買上げをいただいた。

◆こんなこともあった

第二事業部が事務所を開いて数年後のことだった。俺の知らない二十代の男性が、娘さんらしき三、四歳の女の子と奥さんを連れて小型貨物車で見えた。副社長はこの青年の父親と住まいも知っていたようだった。男性は羽柄材を積んで帰っていった。副社長は付け売りを承諾した。その後、同じように家族連れで数回見えたが、いつも仲良しの親子だった。

それから一か月も経った頃、その男性から多量の材の注文があり、その時は配達希望であった。一、二度続いて配達があった。俺はこの客には特にタッチはしなかったが、以後半年、姿を見ないので、事務員に帳面を確認させた。三十万円余りの売掛金があったので副社長に話した。

「そのうちに持ってくるだろう。親父さんは堅い大工さんだったから」

俺はこのような方とは口を聞きたくなかった。俺は運転手に、あの方面へ配達に行った時、回って家に寄って見てくるように依頼した。さっそく運転手が寄って、様子を見てきた。曰く、「いませんでした」。次にも「今日もいませんでした」と。

血の通わぬ人間は役に立たん、これは俺の言葉だ。俺の都合に合わせて、若い新入りを案内役に車に乗せ、県中央市の郊外へ向かった。畑の真ん中に一戸建てが三棟並んでいた。「この家です」と新入りが言う。右の家だ。俺は一目見て、留守どころか空き家で、四、五か月は経っていると感じた。郵便受けから郵便物がはみ出ていて、日に焼けて変色している。おそらく、封筒の中味は請求書であろう。焼けた色が、この家の主は逃亡したことを示していた。俺は大家の所へ行ってみようと思った。すると、四方の林の中に四、五軒の農家が目に入った。

一軒一軒を見て、俺の眼力は「この家」と見抜いた。そこへ伺うと、その家が大家さんだった。奥さんに話を聞くと、「五か月ぐらい前に引っ越していきました。家賃は頂いてあります。その後、米屋さん、ガス屋さんなど、うちに聞きに見えました」と。俺は、あの女の子のことが浮かんだ。奥さんによると、転出証明は取っていったと思う、子供の幼稚園に必要だからとのこと。役所までは遠いため、この地の公民館を奥さんに聞いた。

「この間ですが、ガソリンスタンドの若大将さんは引っ越し先を訪ねてお金を頂いてきたらしいと人から聞いたんですけど……。スタンドはこの先の国道端に四、五軒ありますが、どれかは私は知りません」

これで十二分だ。後は俺の力が物を言う。

まず国道へ、スタンドは左側に一軒目。ここは通り過ぎた。二軒目も通り過ぎた。そして三軒目に俺は車を入れた。若い娘が迎えた。

「いらっしゃい」

娘には今日は給油はしないことを告げた。

「若旦那はおりますか」

「はい、中に」

予想通り、ここが件の若旦那のスタンドだった。引っ越し先の住所をメモ書きしてもらった。長野県松本市だった。

「売った金額は、相手の懐へ手を突っ込んでも取る。これが俺の身上(しんじょう)だ」

翌日、松本へ向かった。長野市回りだと地図では遠回りになるので、俺は上田市から左へ青木峠へとハンドルを切った。初めてのせいか、長い山道に感じた。路幅も狭く、草木が攻め寄ってくる。昔は車の往来も多かったようだが、松本へ下りるまで対向車は一台もなし。

市街地に入ると、天主閣が目に入った。国宝松本城だ。メモを取り出し、電柱の町名を見ながら、もう少し先へと、歩いて回る。町名の雰囲気で見当が付くものだ。よし、この辺で聞いて見ようと店先でメモを見せてみた。すぐ隣の店の裏手にある物置きの二階に間借りしている人がいると分かった。二軒先の路地から回り込み、外階段を上がる。ドアをノックすると、若い女性の声。間違いない、見覚えのある奥さんだった。

「今日、仕事で近くへ来たので、寄らせていただきました」

と名刺を渡した。主人は大手住宅メーカーの仕事で長野市に通っている。帰宅は十時頃になるという。俺は出直して後日に来ますとは言えないので、

「私も相手が夕方お帰りとのことなので、そちらの話が済んでから、夕食をとって十時頃に参ります。旦那にちょっとお話ししたいことがありまして」

と告げたものの、十時まで時間がありすぎる。そばを食べ、松本城を見学、しばらく車内で椅子を寝かして三十万円の受領方法を考えてみた。少し眠気が差してきた。まだ七時か。ラジオを聞きながらの、長い長い待ち時間だった。

十時十分過ぎ、外階段を静かに上がる。話し声がする。ノックした。中に入る。一間だった。子供は眠っていたので小声で話す。

「あなたが引っ越した要因は、俺にはよーく分かります。やむを得ないことだったでしょう。あんたには幼い可愛い娘さんもいる。生じた負債を中には放棄する方もいるだろうが、今回のことは自己に対する人生の教訓であり、これを乗り越えてこそ強い人間になれます。三十万円のためだけに言うのではありません。幾年掛かっても構いません。都合の付く時、金額はお任せしますから送ってください。いつか郷里に帰った時、うちの会社は応援させてもらいますよ。頑張ってください」

二人は首を垂れて聞いていた。納得できたようだった。

「そこで、あなた方ご夫婦が、こちらの気持ちがお分かりになられたら、私もこのことをうちの社長に報告します、その証に、おいくらでもいいですから、今お預かりを頂ければ……。これは、私の立場をお分かりくださっての話ですが」

すると奥さんは立ち上がり、タンスの引き出しにあった二万円を差し出した。

「今月の生活費の中からです」

涙が出そうな場面だが、俺は頂き預り書を渡し、言った。

「明日正式な領収証を送ります。この二万円はご夫婦の潔癖さの証明です。ありがとうございました」

時計は十一時を過ぎていた。俺は来た道を、深夜の青木峠を突っ走る。先に二つの目が光る。薄気味悪い。二度とはいやなドライブだった。軽井沢で屋台ラーメンを啜り午前三時に帰宅、七時半には出勤していた。あの売掛金は三年後に完納された。あの夜、奥さんから受け取った二万円こそ完納の緒（いとぐち）となるものだった。

目まぐるしく経済は動いている。顧客の中にも、跡継ぎに任せる歳となった方がいる。建設業も職人技からプレカット工法の時代になってきた。時代が変われば人も工法も変わる。ユーザーの若返りによって住宅展示場なる所へ足を運び、懇切丁寧なプロの営業員に話を聞くのが主流になっていった。労力を省く厨房の改革的設計・設備は、世の奥様方の決定権を強化していく。

昔ながらの普請では、長期にわたり、大工さんに日に三回も茶と茶請けの用意が必須だったが、住宅メーカーには一切なし。

受注は職人よりも住宅メーカーへと移っていった。俺は、空きのある顧客へは繁忙の顧客から仕事を回してもらうよう依頼をした。そうして、営業の仕組みを変えていった。中には、不動産業者の建売り住宅の総請けをする、職人を数人抱えていると遊ばすわけにはいかないからと、無理して安請け負いに走る顧客もいた。そこで破綻に追い込まれる。俺の顧客がこのような状態になった時は、人柄を見て、一言伝えておくことにしていた。

「もしも、窮するようなことがあったら、俺に話して。二千万ぐらいだったら応援できると思いますから」

これが事実となった。ある昼後の時、県中央の市内に店を構える工務店の社長が青い顔をして事務所へやってきた。俺は、(まさか)と思ったが、事実だった。

「半日金策に走り回ったが五十万不足で、篠田さんの言葉を思い出し、飛んできました。三時までに県中央の銀行へ入れないと不渡りになるのです」

と言う。俺は一度口に出したことは守る。実行に移した。即五十万円用意しますと伝えて本社へ電話したが、社長、専務は外出中だった。俺の独断で、処務係へ至急五十万円こちらへ届けてと頼むが現金なし。それでは銀行へ連絡を、一分がものを言うからと強く依頼した。金が届いた時、一時は過ぎていた、三時までにと、五十万円は渡した。預り書は貰い、俺は後を追って約十五キロメートル走ったが、時間がない。この先は渋滞の多い通りだ。俺は合図をし、脇道へ誘導し、車を止めた。もう時間がない。この街に同銀行の支店があるのでそこへ行き振り込むように伝えた。その日の不渡りは防ぐことはできた。

俺はここで念を押した。この金はいつ頂けますかと。二週間後の月曜日に、五十万入る金がありますので、中央市にある不動産屋さんに夕方来てくださいと言う。その金の正体を聞いた俺は、危うい予感がした。

当日約束の場へ行った。不動産屋には、五十万円持参の夫婦がいた。だが、この金は、顧客がこの不動産屋へ返す金だった。予感は的中した。顧客の社長は、そこで、俺からの事情を先方に話した。それを聞いた不動産屋さんの長男で会計係をしていた方が、俺に回してくれた。

このままでは次の大波がきっと来ると、手を打つことにした。

半年ほど前だった。中央市の郊外に重量鉄骨二階建ての骨組みを見たことがある。その銀行の融資で建設し、そして契約販売してあり、近々、中間金が五百万円入る。その契約書を俺は見せてもらった。これだと思い、最後の決着にと事を進めていった。

まず、成木社長に状態を話し、即、鉄骨の建物の抵当権設定を至急にと申し入れた。その間、俺が監理に動く、そして中間金受け取りの際には、俺が同行して見定め、売掛金三百八十万円を頂く。この手順に全力を傾けた。事務方は奥さん一人に任せていたが、社長は、毎日金策が仕事のようだった。下職の奥さん方からも時借りして歩いた様子。それに知人・友人には、小切手を渡していた。俺は奥さんから全帳簿を預かった。数日同行して不渡りの防止に神経を費やした。

中間金を受領する日の数日前のことだった。件の社長が青くなって飛んできた。不動産屋の振り出し約手を木工屋さんに回した。その約手を、木工屋さんは高利貸しに割ってもらった。金額は百万円だという。なぜ、今日の今、ここに来たんだと俺は言いたい。融資を受けた銀行に百万円の定期預金があるが、これを解約に行ったら銀行に拒否された。このままだと、木工屋さんは高利貸しに住居を取られてしまう。かと言って木工屋さんに手形の落ちを止めてなんて口は利けない。そこで成木さんから高利貸しに何とか止めてとお願いしていただきたい、とのことだった。

切羽詰まった事態を、俺が果たしてどうにかできるか。まず木工屋さんに行く時間があるか確認したら、あるとのことだったので横道を抜けて向かった。間に合った。

高利貸しへ電話を入れてもらい、代わって言った。

「成木木材の篠田と申します。工務店は私の会社の顧客です。木工屋さんから回りました約手のことですが、三時まで時間がございません。不渡りになりますと多勢の犠牲者を出すことになります。十日ほどお待ちくだされば、五百万円の契約中間金が受け取れます。それはこの篠田が役を担っております。信じて頂けましたら、お助けください」

「よく分かった。今止める」

「ありがとうございます」

ああ、しんどかった。

中間金受領の当日は工務店の社長に同行した。中間金五百万円を現金で頂き、三百八十万円領収した。そして一言、百万円は木工屋に置いていってねと念を入れて別れた。この工務店さんは、その後会社諸共姿を消した。

三十六年間成木木材に従事できたのは、三代目社長に会えたことが大きい。これも神仏のお導きあってのご縁と、感謝の念は絶えない。

第二の人生

◆趣味に生きる

成木木材を定年退職後は、公民館のサークル活動に精を出した。油絵、陶芸、そして数年後には発足したばかりの川柳講座に入会。合わせて五十余名いたが、趣味の仲間とは話が合う場面が多い。

当時はまだ老人養護時代だった。月千円の会費制で、月一種目、二回から三回遊ばせてもらえる。ありがたい時代に定年になったものだ。アートクラブと青空陶芸倶楽部は福祉施設内の部屋を使う。定員二十名、年齢は六十歳以上である。油絵には先生がいた。月一万円、一回二時間の講義というか、説明というか。でも、そういった講義は俺にはどうでもよかった。プロになるわけではないから、和気藹藹と楽しむことが一番だ。そう思っているのは、俺一人かもしれなかったが。女性の数が少し多いのはどのサークルも同じだった。陶芸は若い時から好きだ。二十歳頃には骨董品が大好きで、大旦那方の会に小僧っ子一人で座を汚していたこともある。陶芸はおもしろく、家の納屋で、道具から造り始めた。轆轤（ろくろ）も木製で作り、小道具も木製、金物で、約三十種ほど手作り。一つとして買った物はない。十三年間、市の懐具合が悪くなるまで楽しく満喫した。制作した約八百の作品の中には、傑作も数多しとは仲間の声。もっとも、作品の大半は消えているが……。

十三年間の楽しみを数倍にしたのは、陶芸サークルの会長という責務だった。入会から四年後、当時の会長が急病により入院、俺が当人から「篠田さん会長を頼む」と言われ、図らずもその任を受けることになった。

その前に、こんなことがあった。入会二年目、陶芸サークルで先生と呼ばれていたのは六十代後半の女性の方だった。陶芸の技術は持たないが、高齢者のホームで手指の運動のために粘土細工を指導していたということだった。

市は一台のバスを運用していて、年一回ぐらいは無償でと老人優遇があった。サークルでは先生が会長を務め、会計はボスと思われる男性（俺が見たら朴念仁）が仕切っていて、粘土の買入れ先の店も遠い所を使っていた。窯入れの指示も仕切っていた。

あとは長老の岡野さん。すべて運営はこの三人の話し合いで決めていたようだった。

岡野さんが教室の棚から陶芸関係の雑誌を取り出した。県西にある村に窯を持つ陶芸家の名前と登り窯の写真を見せて、市のバスを使ってここに見学へ行こうと言う。皆さんの賛同を得て、見学に行くことになった。その手順は三人で行っていたようだった。

月を越した上旬、バスが来た。老人の嬉しそうな顔が並んでいた。ここの福祉施設の所長も同乗していた。県西へ向かってバスは走る。一時間走った所の公園でトイレ休憩し、更に西へ。俺の里に向かっている。

俺は会長先生に聞いた。

「この橋を渡ると窯場のある村ですが、何という先生の窯ですか」

会長先生言うことには、何時何日にバスを頼むようにとボスに言われたので、所長にそれだけ伝えましたとのこと。岡野さんとボスに、

「先方へ、今日の見学を申し込んであるんですか?」

と問えば、それはしていなかった。

なんてことだ。三人、年に不足があるわけでもないのに。これでは皆さんを楽しく

引っ張ってはいけないと思った。見学先も決まっていないのに、このバスはどこへ行けばいいのか。そこで俺が出しゃばることになる。バスを郵便局の前で止め、局へ入り、この辺りで陶芸家はおりませんかと尋ねた。五、六人の職員がいたが、誰も知らない。登り窯だから煙の立っているのを見たことありますかと問えば、そういえば裏山の上で何日も続いて煙の立ち登りを見たことがあるという。近づいてきた。

岡野さんは、確か加藤某（なにがし）と言っていた。電話帳をお借りして探したところ、それらしき名前を見付けた。俺はメモを一枚貰い電話番号と名前を書いて、職員に礼を述べ、外の公衆電話から電話を掛けた。電話の向こうから聞こえてきたのは年老いた女性の声だった。

「遠くからバスで老人の陶芸愛好会で来ました。見学させていただけませんか」

するとその女性は、

「私は留守居を頼まれた者です。先生はおりませんし作品もありません。先生はもう、年越えて春先でないとここへは来ません」

俺はこういうことですとバスの中で報告をした。ボスの言葉は、

「じゃあ、このまま帰って隣町の陶芸店へでも寄ってみるか」

だった。二時間掛けて、帰りに三時間近く掛けて陶芸店だけの見学なんて、くたびれ儲けとはこのことだ。そこで、

「この先に小さな橋があります。このバスは通れます。突き当たり大通りを左へ行ってください。案内します。自分の親戚があります。その近所に窯を持ち、陶芸をやってる人がいると聞いてますので、寄ってみますか」

誰も否定はしなかった。バスを止め、俺は道を下りた。数軒の集落の一番下に新しい家がある。そっと近づくと、ガラス越しに、陶芸家の先生は大きな壺に細かな紋様を描いていた。精神を集中した顔を見て俺は声を掛けられず、後退りした。しばらく待つと、この先生の手が止み、俺に気づいた。大事な作業中、突然のお邪魔を詫びた。

「自分はこの上の篠田の親戚の者です。先生のお名前は前回の県展で拝見させていただきました。今日は老人の陶芸の同好会で、バスで来ております。でも先生の今一番大事な作業のところですから、また改めて参ります。どうも申し訳ございませんでした、失礼いたしました」

と帰る振りをした。

「せっかくおいでいただいたのでは？　ちょっとの時間でしたらどうぞ、皆さんで」

「親戚の篠田」が功を奏したのかも。この日、篠田家は留守だった。これが縁で先生の展示会、県展、即売会等案内状を頂き、我らもその都度足を運ぶことになった。

先生に会長の役は大変だと思うので、岡野さんに代わってもらうようボスに話したら、ボスの言葉は、

「先生、会長をやめてください」

と、それだけで済ませた。その後、ボスと新入会者の栗山さんの衝突があり、ボスと夫婦一組とその仲良し女性の四人が脱会した。

会長になった俺は、楽しむことを倍増しようと、外へと引っ張り出す形をとった。地方の陶芸家を探して皆さんを研修、見学に連れていく。春は花見に、秋は紅葉狩りにと、サークル活動の幅を広げ、常に満足度の高い活動を心掛けた。

アートクラブから男性二人を陶芸倶楽部へ誘った。二人は筋のいい業師であった。コミュニティーセンターにて、絵画展、陶芸作品展を催し、多くの来場を得た。市長、福祉課長、次長、市議会員に案内状を郵送した。市長にもご来場いただき、好評を得た。

川柳の同好会を結成した時も、会員八名を前に提言を行った。先生も月一回の講義

を受け入れた。「初会までに会名を皆さんに考えてみませんか」と、口走った。「会長はどなたに?」と聞くと、全員が俺を指名した。最初にでしゃばると、こういうことになるのだ。会名も「ねこ柳」と、俺の提案が好評を得て決まった。

同好会は月二回。一回につき二句作り、一句は題あり、一句は無題。これを黒板に無名で書き、気に入った番号の句に投票する。遊びながら、楽しみながらの学び方を最後まで続けた。おもしろかったな。

やはり余暇にはあちらこちらと引っ張り回し、皆さんの悦楽の表情を見た。楽しいながらも仲間は高齢者ばかりだ。十二年目ともなると、認知症の女性や、肺気腫で酸素ボンベを介護車に乗せ、タクシーを貸し切り、運転手さんに車椅子を押してもらって通い続けた男性もいた。作句にも衰えが見えてくる。頃合いを相談の上、解散した。

介護車の方の、「篠田さん、解散しちゃうんですか」との蚊の鳴くような声が今でも耳に残る。この方は、解散から一か月後には亡くなった。人生最後の生き甲斐を断たれたと思うと胸が痛む。サークル活動も年齢には勝てない。消滅する他のサークルも多々あった。

俺は、絵と川柳、木工細工、里山への散策、ドライブのほかに、趣味と実益を望み、骨董、現役中に古物商の許可証を受けた。バブルが弾けた後、復活のない日本は骨董屋で飯を食うことを我々ができるほど世は甘くない。でも会へ出品して、客との駆け引きをすることや、先輩との交流は楽しかった。

川柳は新聞へ投句し、二百句余りが掲載された。

フリーマーケットへ出品し、地方へも足を延ばしてみた。不景気には客足も少ない。足を止めたおじさんに「何か買って」と言っても、うんと言わない。

「おじさんこの女房、二百円でどう」

横にいた妻を指さしたが、首を横に振られた。

◆不思議な話――叔母との別れ

俺が三歳の時、叔母（おふくろの二番目の妹）が家に遊びに来ていた。冬の夜、炬燵の上で双六を父母と四人で楽しんだ光景が脳裏に映し出される。

それから三十五年後、我が家も少しは生活の安定を見た時に、この叔母とお袋を旅行に招待した。一度目は長野県の善光寺へ温泉泊りで、そして二年後には日光東照宮・華厳の滝と大谷観音を案内した。

この叔母は、肝臓がんのため昭和五十五（一九八〇）年に六十歳で旅立った。

葬儀が終わり、叔母は荼毘に付された。火葬炉の状況を管理し、見守る火夫さんは六十代の男性で、叔母の知り合いだった。篠田家でも顔は知っていた。

すると、この人が、なぜか俺一人にだけ火葬の状況を見る許しをくれた。火葬炉の裏側には小さな丸い窓があった。だいぶ待ってから、火夫さんが言った。

「そろそろいいかな。あんた、窓から見てごらん」

小窓を覗くと、人形（ひとがた）の火柱がすっくと立った。叔母の最後の立ち姿は、数秒で消えた。

「ひろちゃんありがとう、さよなら」

そう、叔母の声が聞こえた。

◆感謝

おふくろは孫娘三人の子守を、そして留守居を無事やりとげてくれた。平成十六年十月におふくろが脳梗塞で入院した。十八年十二月に妻が低酸素脳症で入院し、二十年一月死去。そしておふくろが五月死去と、立て続けに愛する家族を失い家庭は一変した。心身に未知の負担が圧し掛かる。もともと痩身の体重を三キロ減らした。独り暮らしで十四年が過ぎた。不眠は安定剤を飲んで二時間の睡眠、昼間一睡もできずとも日常生活は支障なし。もうすぐ八十九歳、娘三人、孫九人、曾孫四人となった。みんな爺ちゃん孝行だ。

俺はいつでも、今が一番しあわせだ。

桶職でうつ傾向になり、庭に出て、石山の左肩方面を指して「この柵から抜け出したい」と望み、その方角へ進んだ。あれから七十二年。指した東のその場所に鎮座している。そして八十八年の幸せを嚙み締めている。

◆妄想

(もし、大手製材会社へ婿入りしていたら、どんな経営をしていたか?)

(もし、共産党へ入っていたら?)

(土建会社の社長の所へ勤めていたら?)

この三点は前記の通り初対面で申し込まれたこと。時々妄想してみると、おもしろい映像が映し出される。

陳列大会が許されるなら、金メダルを吊した、あの（自転車屋の）大将の面影を偲ぶ。

来世は千年の宇宙探検に、見送りは普段着で、少人数で笑顔で手を振って……。

「行ってらっしゃい」

著者プロフィール
篠田 廣一（しのだ ひろいち）
1933年埼玉県生まれ。
サラリーマン退職後、種々のサークル活動に勤しむ（油絵、陶芸、川柳、彫金）。
趣味は骨董、陶芸、木工芸。

著書に、『霜柱・記憶の扉』（日本文学館、2011年）、『侠岳』（創英社〈三省堂〉、2015年）がある。

本心

2023年5月15日　初版第1刷発行

著　者　篠田 廣一
発行者　瓜谷 綱延
発行所　株式会社文芸社
〒160-0022　東京都新宿区新宿1－10－1
電話　03-5369-3060（代表）
03-5369-2299（販売）

印刷所　図書印刷株式会社

ISBN978-4-286-30043-6